Rois & Reine

Arnaud Desplechin
et Roger Bohbot

Rois & Reine

scénario

DENOËL

Le film tiré de ce scénario
a été produit par Why Not Productions

Roi sans arroi,
Reine sans arène,
Tour trouée,
Fou à lier,
Cavalier seul.

MICHEL LEIRIS,
Le Ruban autour
du cou d'Olympia

Préface

J'ai toujours menti sur l'origine de mes films ; était-ce pour me faire accepter, pour me faire pardonner de les avoir écrits puis filmés, je ne sais… Parce que je voulais tout simplement qu'on les aime et que j'ai toujours craint de leur faire obstacle. Aussi, je me déguisais, je prétendais avoir été le démiurge de mes films quand je n'ai jamais essayé qu'une chose : devenir un bon spectateur de cinéma.

Je ne m'apprête pas ici à dire une vérité, enfin, sur l'origine du scénario de *Rois & Reine*, dieu m'en préserve ! Une fiction n'a pas plus d'origine que de vérité ; un jour, simplement, je devine que la fiction poudroie un peu partout, et que cette poudre m'attend. Au départ, il n'y a qu'un chaos, deux, trois images maigres, un fragment de dialogues. Des problèmes techniques laborieux pour lier ces images entre elles, choisir le temps du récit. Dégager d'un fatras qui ne cesse de grossir un ou deux thèmes de cinéma. De ces « thèmes », au départ j'ignore tout ! Ils appartiennent au film, à lui seul, et j'essaie de les apprivoiser, voilà tout. Et, devinant ce film mien qui se dessine, j'essaie avant tout d'être rageusement fidèle aux films qui m'ont inventé.

L'écriture de *Rois & Reine* fut la continuation de cet exercice qui est mon travail quotidien : apprendre à voir un film, même si celui-ci n'était encore composé que de bribes.

J'ai perdu la plupart de mes cahiers, ils traînent je ne sais où. Je ne retrouve dans mon ordinateur que ces premières notes lacunaires :

> Ce sera l'histoire d'un personnage féminin, vraisemblablement une trentaine d'années. Plus précisément, ce ne sera pas son histoire, mais l'histoire de quelques jours qui lui « arrivent » (?), c'est-à-dire plus proche de *La Vie des morts* que de *Comment…*
>
> Deux conditions *sine qua non* :
>
> 1. Un *temps* précis (*Face à face*, le départ du mari en vacances. *Les Communiants*, un dimanche et ses deux messes)
> 2. Il faudrait aussi que ça tourne autour d'un ou deux *lieux* dramatiques
>
> Je ne sais pas encore l'intrigue. Mais je sais que la force de cette femme – appelons-la Nora – tient à la noirceur qui l'entoure. Et pourtant Nora sera lumineuse. Autarcique par nécessité, assez silencieuse, seule tout le long du film. Il faudrait transformer cette solitude en suspense.
>
> On la verrait plutôt sans son mari. Quel est son métier à elle ? Et celui de son époux ? Je ne sais pas.
>
> Nora a un enfant posthume. Aujourd'hui, je l'appelle Elie. Un enfant posthume, ce serait le mystère cinématographique le plus pur qui soit. Je ne sais pas pourquoi j'éprouve cette intuition. Me souvenir de mon père, ma tante, Gilles et Pierre… Se souvenir de *Moonfleet* aussi.

Souvent j'ai éprouvé une grande honte à pratiquer mon métier : plus de deux ans pour finir un scénario ! Comment justifier une durée si démesurée ? Allons, un roman prend trois ans à écrire, une pièce de théâtre peut se trouver en un mois ; et les deux dureront l'éternité. Un script se dissoudra dans son tournage même, un simple spectacle forain qui exigera pourtant deux ans de non-écriture. Bien sûr, nous n'écrivons rien de bien sérieux. Alors, pourquoi une telle lenteur ?… Mais un jour, j'ai trouvé un mot qui me devint si utile pour décrire ce travail modeste : « interprète ». Nous voilà en face de scènes, de blagues, de mélodrames, et nous commençons à en interpréter le texte, mot à mot, comme s'il nous avait toujours préexisté. Les significations virevoltent dans tous les sens. Il nous faut nous méfier des lectures obvies comme des lectures obtuses ; avec la patience, l'acharnement d'un acteur, il nous faudra habiter chaque ligne, et la faire chanter. Avec une terreur sans cesse à l'esprit : que le « naturel » et son cortège de lieux communs viennent chasser l'apparition de la vérité sur un écran.

Tout symbolisme vient là exploser en route, nous en voilà débarrassés ! Que les choses se mettent à signifier dès qu'elles sont filmées, c'est une évidence. Nous devons simplement entendre le sens se déployer, ne pas le bloquer mais le « frôler » plutôt ; lui donner une forme amusante, diaprée. Ces couches d'interprétations mille fois discutées, ce travail, la lecture talmudique sans fin, toutes citations ou références, toute mauvaise foi admises, cette pensée qui vient infuser le film, ce sont là ces deux ans incompressibles. Non deux ans d'écriture, mais deux ans d'une lecture humble, scrupuleuse, qui puisse laisser les acteurs venir un jour habiter un texte en toute liberté.

Aussi, je pourrais décrire cet interminable travail du scénario, bien loin d'une invention, mais plutôt comme une attention extrême au romanesque qui nous attend au détour de chaque rue. Un travail de lecteur en somme, de traducteur ou d'interprète ; en un mot : un travail d'acteur.

J'écrivis d'abord deux monologues : Nora qui s'adresse à la caméra dans la première scène. Puis, juste à sa suite, la lettre posthume de Louis Jenssens. Je devinais la peine de Nora et je ne savais encore rien du père et de sa haine.

Ce même jour, Ismaël naissait tout seul, comme un électron libre. La scène se passait sur un palier : deux infirmiers venaient l'interner en hôpital psychiatrique. Et je ne savais rien d'autre. Le ridicule d'Ismaël m'enchantait tant que je n'ai jamais su le plaindre, et pourtant le personnage ne cessait de geindre sur son sort ! Il m'a fallu un an pour comprendre que c'était ma seule façon de l'aimer en entier : ne jamais le plaindre.

D'un côté l'impudence inouïe, dionysiaque, du diablotin ; de l'autre la pudeur extrême de Nora… Une douceur apollinienne.

Il m'a fallu un an aussi pour commencer à comprendre ces deux vers de Yeats, à moi opaques : *A pity beyond all tellings/Is hid in the heart of love.* Cette pitié dont parle Yeats, comment l'éprouver comme une noblesse, un don, une érotique ? Nous faudrait-il rêver d'amours impitoyables, ou ne se cache-t-il pas là encore un cliché, un « kitsch », pour citer Kundera ? La pitié cachée dans l'amour, si c'est ce que tout le monde veut taire, c'est donc ce dont il faudra parler.

J'avais commencé ce film en écrivant un monologue pour Nora : « Je m'appelle Nora X. J'ai trente-cinq ans. J'ai eu un fils d'un premier mariage, Elie. Et il est toute ma vie… » Il me fallait maintenant apprendre à aimer Nora cinématographiquement.

Toujours la lettre posthume du père me fut une énigme. Aujourd'hui, j'aime bien vivre avec cette énigme. Écrivant le scénario avec Roger Bohbot, nous nous citions ce passage si scandaleux du *Théâtre de Sabbath* de Philip Roth. Une femme, dont le père s'est suicidé quand elle était adolescente, tient son journal dans une clinique de désintoxication. Ce père suicidaire accablait sa fille de lettres de reproches quand elle avait seize ans. Aujourd'hui, la femme maintenant mûre s'essaie à répondre à ce père mort. Son mari passe à la clinique, découvre le journal, et rajoute à l'insu de son épouse une « réponse » du père, une réponse qui viendrait des enfers… C'est l'acte littéraire le plus brutal et le plus indécidable que j'ai jamais lu : prenant la voix de ce père suicidé, est-ce que Sabbath ou Roth sauvent cette femme ou la tuent-ils ? Je pense qu'ils la sauvent, au risque de la tuer. Ce qui en fait le plus bel acte littéraire.

Bien après, durant la préparation, je me souvenais d'une nouvelle de Kafka lue trop jeune au lycée, *Le Verdict.* Kafka décrit la malédiction folle d'un père pour son fils. Le texte est court, le fils en meurt. N'avais-je lu Roth qu'à travers le souvenir enfoui de Kafka ? Je n'en sais rien.

Durant le montage, je me souvenais enfin du roi Lear et de la première scène où il chasse Cordelia du palais, quand elle est la seule de ses trois filles à l'aimer. Avec Summer Phoenix, nous avions pourtant filmé ce monologue de Cordelia un long après-midi pour *Esther Kahn* ! Comment avais-je pu être sourd à ce point ? Oui, durant tout ce film, je n'ai cessé de courir après des énigmes dont je ne connaîtrai jamais la solution.

Avec Roger, nous avons essayé de décrire ces énigmes comme des solutions malicieuses. Le cinéma est fait pour les enfants. Tous les enfants comprennent toutes les scènes de tous les films. Comme adulte, je réfléchis souvent par apories ; mais comme spectateur, je ne sais penser que d'énigmes en énigmes... Au cinéma, je ne comprends qu'à demi-mot, et ça me suffit bien.

C'est une femme qui ne sait pas demander. L'a-t-elle su enfant ? Pourquoi sa mère ne lui a-t-elle pas appris ? Quelle armure a-t-elle dû s'inventer ? Quand tout ce qui la protégeait va s'effondrer, Nora deviendra une reine.

Aimer d'amour, c'est supplier, enfin. Notre personnage est pris dans le lieu commun familial que l'amour, c'est ne pas avoir à demander. Histoire de princesses dont son enfance fut bercée. La princesse au petit pois ? Un rien la blesse. Nora semble sereine et un petit pois suffit à la couvrir de bleus. Pourtant, jamais elle ne se plaindra.

Aimer une héroïne de cinéma sans qu'elle ait à s'excuser ; aimer une héroïne parce qu'elle vient nous déranger. Les films d'aujourd'hui sont si misogynes ; à une femme, le cinéma français demande d'être une « brave fille ».

De vous, claire et joyeuse ainsi qu'une fanfare/Dans le matin étincelant/Une note plaintive, une note bizarre s'échappa, tout en chancelant/Comme une enfant chétive, horrible, sombre, immonde, dont sa famille rougirait/Et qu'elle aurait longtemps, pour la cacher au monde/Dans un caveau mise au secret./ Pauvre ange, elle chantait, votre note criarde :/« Que rien ici-bas n'est certain (…)/ Que c'est un dur métier que d'être belle femme. »

Haygarth à Esther Kahn : « Please, never become a nice actress ! »

Je me souviens d'Ingrid Bergman assise sur ce banc à Rio. Elle est déjà empoisonnée par Claude Rains et sa mère, mais elle ne le sait pas encore. Cary Grant la traite comme une putain. Bergman sourit, elle souffre de vertiges. Elle se relève et titube. Pas une plainte, pas un reproche ; gêné, Grant lui offre son bras, elle décline, sourit et s'éloigne…

… Rapport à la prostitution, ne serait-ce que comme fantasme féminin. Nora conçoit l'amour comme un rapport prostitutionnel. Pour elle, la virilité serait assumer le côté client du rôle masculin. Quand nous spectateurs comprenons qu'elle tourne autour de l'idée de la prostitution, son opacité vient nous frapper.

De la même manière, le rapport sexuel comme viol, le viol comme lot quotidien de la femme. Léda est violée par le Cygne.

Je rencontrais donc Roger, avec ces notes trop abstraites et quarante pages de scènes sans queue ni tête. Curieusement, le travail fut aisé, rapide et libre.

J'avais punaisé au-dessus du bureau cette maxime de Truffaut : « Ne *jamais* écrire une scène de quatre minutes pour énoncer une seule idée. Mais caser quatre idées dans chaque scène d'une minute. » Nous soumettre à cette discipline rendit le travail plus joyeux encore.

Le pari du film tient dans l'idée que la plupart des films psychologiques offrent de faux sentiments en spectacle. Ou des sentiments mièvres. Tièdes ou faux, ces films ne donnent pas une impression d'*action*. Même obscénité, même clichés dans les films d'Haneke ou dans la mièvrerie française. Dans le premier cas, fascination facile pour une cruauté fantasmée ; dans le lot commun, cet appétit incompréhensible pour un monde mou.

Ici, nous essaierons d'être vraiment violents. Au cœur des sentiments, là où ça fait peur, là où la vie devient excitante.

Peut-être les spectateurs feraient la différence et viendraient voir quelque chose de *vraiment* dur, vraiment un peu terrible.

Il n'y a pas de cruauté chez Ingmar Bergman, pas plus qu'il n'y a d'emphase dans les westerns d'Anthony Mann. Tous deux font des films droits, ils n'ont pas peur de la nudité. La peur de la nudité, le sentiment de l'abandon n'empêchent pas le roman. C'est leur dureté à chacun qui étrangement « enchante » leurs fictions… Chez I. Bergman, comme dans un rêve ; chez A. Mann, comme sur les planches d'un théâtre.

Discussion avec N.L. Sommes en rage tous les deux contre tous ceux qui voient plus de sacré dans la souffrance que dans la joie idiote ou l'ennui. Que nous souffrions, la belle affaire ! et il nous faudrait le taire ? N'est-ce pas avec le sérieux le plus absolu que nous éclatons de rire ? La fierté ne contient pas plus de vérités que la honte ; je les éprouve toutes deux. Toutes choses sont égales. Tout est également sacré et trivial, bien entendu.

Lecture pour le travail : Ibsen à nouveau, O'Neil, Strindberg (*Orage, La Maison brûlée, Créanciers*...), Thomas Hardy (*Le Bras flétri*), Hawthorne (les nouvelles fantastiques)... Relire Hoffmann ?

Entre deux séances de travail, Roger me racontait un jour comment, à vingt-cinq ans, il avait appris par cœur *Zone* d'Apollinaire, pour exercer sa mémoire quand il était assommé d'ennui par un travail alimentaire. Moi qui ai toujours eu une mémoire si pauvre, j'en étais épaté. Pensez : Roger savait par cœur presque un chapitre entier de l'*Ulysse* ! À l'époque, je finissais avec Nicolas Saada l'adaptation de *Dans la compagnie des hommes* d'Edward Bond. Le tournage de ce film exigerait de Sami Bouajila et d'Hippolyte Girardot qu'ils apprennent chacun deux monologues vertigineux. Comment demander aux acteurs un tel exercice si je n'osais pas m'y essayer un peu ? Je décidai bêtement de m'y mettre. Chaque jour, sur le chemin du métro, je chantonnais dix vers d'Apollinaire... Au bout d'un mois, je savais le poème.

Quand Monique et Abel, les parents d'Ismaël, viennent rendre visite à leur fils à l'hôpital, ils récitent : *"À la fin tu es las de ce monde ancien/Bergère ô tour Eiffel le troupeau des ponts bêle ce matin/Tu en as assez de vivre dans l'antiquité grecque et romaine/Ici même les automobiles ont l'air d'être anciennes…*

Tout est dit : la rage de vivre dans un monde trop vieux, ces dieux qui ne cessent d'encercler nos héros. Du poème découlèrent vingt associations ou jeux de mots, plus enfantins les uns que les autres.

Le phénix ce bûcher qui soi-même s'engendre/Un instant voile tout de son ardente cendre… Et nous avions trouvé Arielle ! Nous l'avions oubliée chez Howard Hawks, évidemment. Le Dr Devereux nous attendait, sereine, cachée, dans les derniers paragraphes du poème…

Enfin, le vers qui suit la récitation d'Abel et Monique : *Seul en Europe tu n'es pas antique ô christianisme.*

Soit : le vers tu par le film ; un vers au parfum de scandale. Mais comment lire un tel vers aujourd'hui ? ! Je m'amusais de voir la Vierge Marie ainsi déployée en Léda, et Jésus performé en Hercule encombrant. Souvenir de Samson chez Cecil B. De Mille ? Je ne sais. Mais cette profusion de dieux a su enchanter l'équipe et les acteurs durant tout le tournage.

> Deux films collés l'un à l'autre, le premier sombre comme un conte « fantastique » et l'autre léger et « féerique ». Au centre du roman, Nora rencontrera Ismaël, une fois et une seule.
>
> À la fin du film, ils se croiseront furtivement.
>
> Ismaël semble parfois presque religieux (la religion de l'amour, de son mystère ; la haine d'Ismaël pour ceux qui

réduisent ses sentiments à une affaire, bonne ou mauvaise, bref qui évaluent son âme), et Nora se croit raisonnable et athée.

C'est que Nora a connu le vrai malheur. Et le malheur est toujours mauvais, la douleur ne sert à rien… Depuis Nora a choisi la légèreté, un détachement doux et la lumière.

Mais derrière ces principes froids, Nora cache un appétit de passion absolue.

Et nous pouvons nous amuser, en regardant la vie d'Ismaël, de ce que l'absolue gratuité comme seule morale est un concept joyeusement athée.

Rétrospectivement, ce pourrait être une façon malicieuse de résumer le roman du film, une lecture saugrenue mais pourtant possible…

Le portrait de cette femme et les aventures picaresques de cet homme mettraient en regard un puritanisme religieux protestant – ce feu qui brûle sous le manteau d'un détachement de logicienne – et un athéisme catholique hédoniste, violent, qui est une suite de soubresauts, de foi éperdue et de plaisirs enfantins.

Un destin et des travaux. D'Ismaël ou de Nora, lequel des deux croit en Dieu ? C'est une question sans réponse.

Voilà, *Rois & Reine* serait une comédie où l'on ne sait pas lequel des deux héros croit en dieu… Mais nous-même, le savons-nous ?

Prégénérique

RÉCITANT :

« Zeus aimait la belle Léda, épouse du mortel Tyndare, neuvième roi de Sparte. Il l'aborda sous la forme d'un cygne… »

0. Présentation Nora : v.o. – Jour

NORA, une femme d'une trentaine d'années, diaphane ; elle est d'une beauté presque choquante. Nous sommes dans un intérieur bourgeois, sans ostentation. Elle est assise près d'une fenêtre ouverte ; derrière des arbres ? Nora s'adresse à la caméra, ou juste à côté.
Parle-t-elle à un analyste, à un journaliste ou au spectateur ? Nous ne savons pas…
Mais sa sérénité balaie nos questions.

NORA : Je m'appelle Nora Cotterelle. J'ai trente-cinq ans. J'ai eu un fils d'un premier mariage, Elias ;

depuis le décès de son père, j'ai décidé de ne plus avoir d'autre enfant. Mon fils a dix ans, et il est toute ma vie.

Je dirige une galerie d'art depuis six mois, et c'est un travail agréable…

Il y a un an, j'ai divorcé de mon second mari, Ismaël ; et depuis j'ai rencontré Jean-Jacques, un homme d'affaires, qui m'aime passionnément et m'a demandé ma main très officiellement la semaine dernière. À mon âge, une troisième liaison est une chose sérieuse.

J'ai toujours estimé qu'aimer, c'est n'avoir pas à demander. Mon second mari soutenait l'inverse. Il était peu prévenant, et quand je me plaignais de son manque d'attention, il me disait : « Tu n'as qu'à demander…

Mon père m'a appris qu'être aimé, c'est justement n'avoir pas à demander. Aussi, j'ai estimé qu'Ismaël ne m'aimait pas, je me suis éloignée puis nous avons rompu…

L'année dernière, j'ai donc rencontré Jean-Jacques qui s'efforce de satisfaire tout ce que je pourrais désirer… Le fait que Jean-Jacques soit riche ne m'a pas été indifférent, même si je n'aime pas à y penser. Les six premiers mois, j'ai refusé de coucher avec lui, et il a passé cette épreuve avec calme. J'en ai déduit que ses intentions étaient sérieuses, je n'aurais pas voulu d'une aventure. C'est ce que je reprochais à mon second mari :

notre mariage avait plus l'air d'une liaison que d'un engagement fiable…

Tout le monologue sera filmé dans cette situation, puis ventilé sur les scènes suivantes par la suite.

1a. Ext. marchand d'art – Jour

Nous sommes dehors, dans une jolie rue déserte, 8e, 7e arrondissement ?…
Un taxi de luxe s'arrête devant un beau bâtiment, il fait soleil. Nora sort du taxi. Elle tient à la main un café take-out, dans son grand gobelet de carton blanc. Elle remercie le chauffeur de taxi qui, bientôt, s'éloigne.
« Merci, Michel, à demain… »
Nora regarde la rue vide, inspire, sourit.
Sur l'écran s'inscrit :

Ire partie : NORA

Nora entre dans une galerie d'art désuète…

1b. Int. marchand d'art – Jour

Nous sommes maintenant chez le vendeur de gravures.
Çà et là, des tables sur lesquelles sont ouverts de grands catalogues, et des tréteaux sur lesquels reposent des cartons à dessin pleins de gravures…
Pendant le début de la scène, on entendra la voix de Nora, off :

NORA, *voix off* : … Je dirige une galerie d'art depuis six mois, et c'est un travail agréable…

Assis à une table, CLAUDE SCOTT, un homme encore jeune, élégant, l'assistant de Nora, examine un catalogue avec une loupe.
Nora entre, son gobelet à la main, et vient l'embrasser. Grands sourires.

NORA, *in* : Claude, bonjour ! Je suis affreusement en retard ?

CLAUDE : Non, tout va bien.

NORA : Vous avez trouvé des merveilles ?

CLAUDE : Je crois que j'ai trouvé des choses... Une litho de Klee, impression unique : aquarelle avant tirage...

Le vendeur plus âgé est venu la saluer et lui présenter un carton à dessin. Ils semblent se connaître bien.
« Monsieur Madden. »
Nora va s'asseoir légèrement à une grande table. Elle pose son café, presque précieuse, insolente.
« J'ai peur de tout salir./Vous êtes ici chez vous... »

M. MADDEN : Vous nous amenez le soleil.

NORA : Qu'est-ce que vous me montrez ?

M. MADDEN : Ce que vous voulez...

Nora feuillette des gravures françaises du XVIIIe qui représentent des scènes mythologiques...
Les deux hommes semblent très compétents – ils lui donnent parfois un avis –, Nora est absorbée.
Quand la voix off se tait, Nora est tombée sur une gravure qui l'intrigue : Léda, une femme qui couche avec un cygne... Elle a appelé le vieux vendeur, bientôt rejoint par Claude.

NORA, *in* : C'est une gravure de Léda ?

M. MADDEN : Oui, elle est assez troublante. Très différente du reste du lot...

NORA : C'est très joli. Non ? *Claude opine.*

CLAUDE : D'où ça vient ?

M. MADDEN : Je pense que ce doit être des relevés de fouille romaine, fin XVIIIe. Et ils ont passé la gravure au pastel... XIXe.

NORA : Je vais vous prendre celle-ci pour offrir. *À Claude* : Pour mon père...

... Pendant que M. Madden emballe la gravure de Léda, Claude : « Le reste des achats sera livré à la galerie... »

2. Présentation Jean-Jacques – Jour

Sur un **quai de gare**, Nora arrive en pressant le pas. C'est Claude qui porte la gravure roulée dans un cylindre de luxe.

CLAUDE : Jean-Jacques nous attend sur le quai n° 3.

NORA : Il est trop gentil !

CLAUDE : Personne n'est « trop gentil ».

Nora retrouve JEAN-JACQUES, un homme d'une jeune cinquantaine d'années, costume anglais gris très chic. Silhouette massive, sombre, immobile. Il attendait Nora, une petite valise à la main. Claude se tiendra en retrait...

NORA : Juste à temps...

JEAN-JACQUES : Dépêche-toi ! *Il l'embrasse avec pudeur.* Mes secrétaires ont réservé ton billet. *Il lui donne le billet réservé.* Claude, bonjour. Une voiture t'attendra à la gare, avec un chauffeur.../Merci !/Vous avez fait de bonnes affaires ?

NORA : Excellentes, grâce à Claude./Allons !/Et j'ai même trouvé un cadeau pour mon père.

JEAN-JACQUES : Ah oui ?

Claude lui a tendu la gravure. « Tenez... » Jean-Jacques lui passe la valise, Nora monte dans le train.

NORA, *elle rit* : C'est idiot, à chaque fois, j'appréhende de le voir ! Il est tellement sévère.

JEAN-JACQUES, *on devinera qu'il connaît à peine le père de Nora...* : Embrasse Elias. Tu lui diras que sa chambre sera prête à son retour de vacances... À demain soir.

... Alors que le train démarre, Jean-Jacques a posé la paume sur la vitre. Nora vient l'« embrasser » de sa main.
Est-ce Nora qui est coupée du monde derrière cette vitre, ou est-ce Jean-Jacques qui est enfermé dans sa solitude ? Nous ne savons pas.
Derrière, Claude, souriant, salue Nora d'un amour léger...
Le train est parti.

3. En train – Jour

NORA, *voix off* : ... J'ai toujours estimé qu'aimer, c'est n'avoir pas à demander. Mon second mari soutenait l'inverse. Il était peu prévenant, et quand je me plaignais de son manque d'attention, il me disait : « Tu n'as qu'à demander… »

Nora est assise en 1re classe, elle regarde par la fenêtre. Lit un magazine d'art. Franco Maria Ricci ?…
Une hôtesse lui apporte une consommation. Hommes d'affaires, sourires polis, luxe.
La voix off couvrira toute la scène – un seul plan ? – et continuera sur la suivante…

Détail : Devant elle, son plateau-repas. Nora est en train de modeler machinalement des petites figurines en mie de pain. Une silhouette d'homme, un animal…
Quand l'hôtesse vient débarrasser le plateau, les deux femmes rient.
« Vous faites des sculptures ?
– Excusez-moi, je rêvais, c'est idiot.
– Non, c'est charmant. Ma petite fille fait pareil à table. Café ?
– Thé, s'il vous plaît… »
Nora a effrité la statuette dans son assiette…

3 *bis*. Arrivée à la gare de Grenoble – Jour

NORA, *voix off* : … L'année dernière, j'ai donc rencontré Jean-Jacques qui s'efforce de satisfaire tout ce que je pourrais désirer, etc.

Nora est sortie du train. Elle semble la seule passagère. Le **quai de la gare** est vide.
En quelques plans très brefs, on verra : un chauffeur en tenue qui l'attend avec une petite pancarte : « Nora Cotterelle. »
« Bienvenue ! »

Puis, nous les voyons sur le **parking des locations** devant une berline. Nora dit qu'elle préfère conduire. Non, elle n'a pas besoin d'un chauffeur.
– Vous êtes sûre ? C'était prévu…
Elle le remercie, monte dans la berline, signe une décharge. Et prend les clefs.

4. Chez le père – Jour

Nora est chez son père, LOUIS JENSSENS. Elle est toujours en manteau et se tient devant la **chambre d'Elias**. La pièce est pleine de jouets.
Sur les murs, un papier peint représente le ciel ; Nora est entourée de nuages peints.

NORA : Elias ne t'empêche pas trop de travailler ?

LOUIS, LE PÈRE : Non, il passe les journées à la colonie. Et puis, je ne travaille plus beaucoup, tu sais… Il s'entend bien avec les enfants, là-bas. Je le récupère vers les 5 heures.

Dans le **bureau de Louis**, Nora remarque, quand elle entre, un tapuscrit posé sur une table. Elle sourit et l'ouvre. Elle posera sa main sur le texte.

NORA : C'est un nouveau livre à toi ?

LOUIS : Oh, ce sont des notes.

NORA, *aussitôt elle ôte sa main :* Et ça parle de quoi ?

LOUIS : De toi, comme d'habitude…

Puis, dans une autre pièce. Nora a rejoint son père dans le **bureau-bibliothèque** où il range des papiers.

NORA : Allez, Louis. Il faut te préparer… Tiens, je l'ai amené pour toi. Bon anniversaire. *Pendant que le père ouvre le rouleau et découvre la gravure* : C'est Léda et son cygne. J'ai pensé à toi en la voyant. Comme c'est une image mythologique, et que tu enseignes le grec…

LOUIS, *l'air très angoissé, très seul* : Merci…

Puis Nora est dans la **cuisine**. Par les fenêtres, on voit les barres grises des montagnes de Grenoble… Elle regarde le frigo. Partout sur la desserte, des paquets vides de surgelés.

NORA : Tu devrais mieux te nourrir. Tu manges parfois dehors ?

LOUIS, *en amorce, s'habillant pour sortir* : Non.

NORA : C'est pour ça que tu as mal au ventre. Tu devrais manger des vrais plats.

LOUIS : Je vais aux toilettes. *Louis la laisse seule…*

Nora s'approche d'une vieille photo accrochée au mur de la cuisine : elle, à dix ans, en tutu ? sur une patinoire ? jeune cygne de glace… L'enfant regarde l'objectif avec fierté.
En arrière-plan, une autre fille plus jeune, floue : sa sœur.
Puis : dans le **couloir sombre**, le père est sorti des toilettes, il semble pleurer.
Nora vient le prendre par les épaules. Louis s'assoira sur une chaise dans le couloir.

NORA : Qu'est-ce qui se passe ?

LOUIS : Je fais du sang. J'ai peur de perdre des morceaux de moi.

NORA : Quoi ?

LOUIS : Je ne veux pas en parler, j'ai honte.

NORA : Mais non, tu peux me dire…

LOUIS : … Je fais – des selles – comme – des – gros caillots.

NORA : … Tu as un ulcère.

LOUIS : Je ne sais pas. C'est comme ça depuis une semaine. Je n'ose même plus regarder.

NORA : Tu as un ulcère.

5. Elias – Fin de journée

ELIAS a passé l'après-midi dans un centre aéré.
C'est le soir, un bus vient de ramener en ville les enfants après une excursion.
Sur une **aire de parking**, Nora s'approche de son fils qui est assis à côté d'un copain plus costaud. Tous les deux jouent aux osselets.
Le sable doré sur lequel ils sont assis éclaire toute la scène.
Nora et son fils se parleront avec timidité, comme deux amants qui se retrouvent.

ELIAS : Tu es venue ?

NORA : Ben oui, je suis venue… *Timidement, elle ose* : Tu ne me regardes pas ?

ELIAS : Oh si, je te regarde.

NORA : Tu ne m'embrasses pas ?

ELIAS, *il bondit et embrasse sa mère* : Si !!!

NORA, *l'embrassant* : Que tu es beau ! Tu es tout bronzé, tu as grandi !

ELIAS : Je te plais ?

NORA : Oh oui, tu me plais… Tu es heureux ?

ELIAS : Absolument.

NORA : J'ai reçu tes cartes. Je les ai toutes gardées, et je les ai mises sur le frigidaire de la nouvelle maison qu'on va avoir à Paris… J'espère que ça n'a pas été trop dur que ton grand-père t'ait forcé à m'écrire ?

ELIAS : Oh non. J'aime bien t'écrire.

NORA, *montrant son copain qui s'éloigne* : Tu t'es fait des amis ?

ELIAS : Oui. Je te l'ai déjà dit au téléphone.

NORA : Il a l'air gentil… Comment il s'appelle ?

ELIAS : Il s'appelle Thomas. Il est très fort à la bagarre.

NORA : Tu as pensé à moi des fois ?

ELIAS : Oui.

NORA : Moi, j'ai pensé à toi tellement souvent, tout le temps, mon amour.

ELIAS : Tu sais, avec papy, un soir, il m'a emmené à la foire. On a été entre hommes.

NORA : Oui, ton grand-père m'a raconté… Tu sais, ce soir, il est un peu malade, il a mal au ventre. Je crois que je vais passer la nuit à l'hôpital… Alors, on ne pourra pas fêter son anniversaire tous les trois ce soir. Ça ne t'embête pas ? On ira demain ? Au restaurant ?

ELIAS : Oui. Je vais chercher mes impedimenta…

Plus tard : Nora vient d'expliquer au moniteur qu'elle va devoir passer la soirée à l'hôpital.

LE MONITEUR : Il n'y a pas de problème, Elias peut très bien passer la nuit dans la famille de Thomas. Ils sont très accueillants.

NORA : C'est bien.

LE MONITEUR : ... Et son père, il ne peut pas s'en occuper ?

NORA : Son père est mort...

LE MONITEUR, *la nouvelle l'intimide* : Je suis désolé. Elias n'en avait jamais parlé.

NORA, *absente, elle regarde ailleurs* : Oui. Il est mort avant sa naissance...

6. Hôpital – Soir

Nora s'entretient avec le CHIRURGIEN de l'hôpital. Le jour est tombé doucement.

LE CHIRURGIEN : Quand avez-vous remarqué les premiers symptômes ?

NORA : Ça faisait quelques mois qu'il se plaignait de maux de ventre. Je suis arrivée ce matin à Grenoble...

LE CHIRURGIEN : Des antécédents ? Vous savez s'il a déjà été opéré ? *Elle ne sait pas.* Ou malade ?

NORA : Non. Non, je ne crois pas.

LE CHIRURGIEN : C'est un fumeur ?

NORA : Un peu.

LE CHIRURGIEN : Alcool ?

NORA : Très peu. Mais mon père est toujours nerveux quand il termine un livre…

LE CHIRURGIEN, *rassuré* : C'est probablement un ulcère perforé. Ou une cholécystite aiguë, ça, je ne peux pas voir sur une radio. De toute façon, il y a toujours un risque de péritonite. Alors il vaut mieux opérer vite, dès que possible. Ce soir ?

Tout ça ne semble pas très grave. Le médecin est rassurant…
Nora est embêtée, elle devait rentrer à Paris… « Je devais rentrer demain à Paris…
– C'est une infection courante, on en guérit très bien. Vous y serez. »

Puis, ailleurs, un plan large : Louis attend dans un **couloir d'hôpital**, toujours anxieux, allongé sur un lit à roulettes. Nora se tient à côté de lui.

LOUIS : Tu as été chercher Elias ?

NORA : Bien sûr. Il va dîner dans la famille de Thomas… Je vais rester avec toi.

LOUIS : Je suis désolé.

NORA : Chut…

---

7 & 8. Transition & présentation Ismaël – Soir

Nous passons d'une partie à l'autre.
Une gravure mythologique sur un mur de l'appartement d'Ismaël : Héraclès. Un des travaux d'Hercule ? Le taureau de Minos ?

Le téléphone sonne dans un appartement bien vide. Le répondeur d'Ismaël se déclenche :

VOIX D'ISMAËL : Allô, ce répondeur ne prend pas de messages, vous ne pouvez pas me joindre en ce moment. Si c'est les impôts qui appellent, messieurs Mercier et Landeau, vous êtes des escrocs. Je ne vous paierai jamais. Je considère que c'est une honte que des serviteurs de l'État poursuivent avec une acrimonie imbécile un citoyen respecté. Et un artiste. Je vous emmerde, monsieur Landeau…

La bande s'arrête alors qu'Ismaël éructe encore.
Pendant ce temps, nous découvrons ISMAËL VUILLARD chez lui, quarante ans, dépenaillé, massif et sans gloire ; il est seul dans un appartement désolé et sans meubles… Il écoute un disque de rap. Mange-t-il un cheeseburger ?
On sonne à la porte.
Ismaël va ouvrir. Il tombe sur deux infirmiers psychiatriques imposants et courtois.

L'INFIRMIER PROSPERO : Bonjour, monsieur, c'est l'hôpital qui nous envoie.

ISMAËL : Vous devez vous tromper, parce que je ne suis pas malade.

L'INFIRMIER PROSPERO : C'est-à-dire que vous avez sans doute reçu nos convocations…

ISMAËL : Écoutez, non, je n'ai rien reçu, je n'ouvre pas tellement mon courrier et, en plus, ça tombe mal, parce que, là, je suis très occupé…

L'INFIRMIER PROSPERO : Le psychiatre vous a pourtant envoyé trois convocations, la dernière était en recommandé… Elle vous avertissait que nous allions devoir passer.

L'INFIRMIER CALIBAN, *il poursuit* : Et comme vous ne vous présentiez pas à l'hôpital…

ISMAËL : De toute façon, peu importe, puisque je me porte parfaitement bien, comme vous pouvez le constater… Bon, eh bien, au revoir, vous me dérangez…

L'INFIRMIER CALIBAN : Vous refusez de venir avec nous ?

ISMAËL : Effectivement, je refuse. *Exaspéré, il pose son cheeseburger au sol…*

L'INFIRMIER PROSPERO : Monsieur, ça fait des mois que les médecins vous ont envoyé la convocation.

ISMAËL : Je ne suis pas sourd, mais moi, il se trouve que je n'ai rien reçu.

L'INFIRMIER PROSPERO : Ah si ! Le recommandé, vous l'avez reçu.

ISMAËL : Non, je ne viens pas dans votre hôpital de merde, je vais très bien, et je suis très pris en ce moment !

L'INFIRMIER PROSPERO : Monsieur, vous parlez fort…

ISMAËL, *voix portée* : Je ne parle pas fort, je parle normalement.

L'INFIRMIER PROSPERO : Si, si, vous criez.

ISMAËL : Je crie, si je veux, OK ? ! C'est quand même incroyable ! Je suis ici chez moi, je ne dérange personne, je fais du bordel sous les fenêtres de personne, je chie sous les fenêtres de personne, vous comprenez ? ! Pourquoi vous venez m'emmerder avec vos allures de bouseux de la Sécu ? Il n'y a pas un policier avec vous – *Caliban regarde un policier embarrassé dans l'escalier* –, je n'ai commis aucun délit, vous n'êtes mandaté de rien, et je vais suivre deux connards d'infirmiers de la Stasi ? Mais vous êtes cinglés !

Pendant qu'Ismaël soliloque, l'infirmier Caliban est entré discrètement dans l'appartement.

L'INFIRMIER PROSPERO : On ne vient pas vous arrêter, monsieur, on veut juste vous emmener pour vous soigner…

ISMAËL, *il rigole* : « Me soigner » ! Je ne suis pas malade. Et je t'encule… Et tu arrêtes ça tout de suite, hein ?

L'INFIRMIER PROSPERO : Pardon ?

ISMAËL : Tu ne me regardes pas comme un de tes dingos de ton hôpital de trou du cul de je ne sais pas où.

L'INFIRMIER PROSPERO : Je vous regarde tout à fait normalement…

ISMAËL : Non, je ne crois pas…

À ce moment-là, l'autre infirmier réapparaît venant du salon.

L'INFIRMIER CALIBAN : Monsieur, la corde, dans le salon, c'est pour quoi faire ?

ISMAËL : Ah ? Quelle corde ?

L'INFIRMIER CALIBAN : Vous savez : la corde avec un nœud coulant qui est attachée dans le salon. Avec le tabouret en dessous…

ISMAËL : Ah oui !… Eh, je ne suis pas suicidaire, d'accord ? Je me rends bien compte : vous voyez la corde, la chaise, alors, hein, vous faites l'association, c'est humain.

Mais j'ai simplement besoin de savoir que je peux le faire ; c'est juste une idée que j'ai besoin d'avoir, elle me protège. Mais du moment que je l'ai, je sais que je ne le ferai jamais… Il doit y avoir des trucs comme ça dans Sénèque ou Cicéron, les stoïciens… *Il range son vieux cheeseburger dans sa poche…* Franchement, en ce moment, je ne vis pas des moments faciles mais je suis pas suicidaire, je vous jure que ça va.

Bon, ben, messieurs…

L'INFIRMIER CALIBAN puis PROSPERO : Ne nous rendez pas la tâche plus difficile, monsieur,/ il va falloir y aller maintenant…

ISMAËL, *il rigole, il n'y croit pas* : Vous n'allez pas m'emmener de force ! ?

L'INFIRMIER CALIBAN : Prends-lui les mains !

LES DEUX INFIRMIERS : OK, allez, hop !

Les deux hommes empoignent Ismaël, le soulèvent de terre et l'embarquent. « C'est scandaleux !… »

9. Hôpital psychiatrique – Nuit

Le soir même de l'internement, bruits de tonnerre… Un psychiatre de garde arrive en courant vers une salle d'internement. Arc-boutés de part et d'autre d'un lit d'hôpital, trois infirmiers sont en train d'essayer d'attacher Ismaël qui les insulte copieusement.
« Vermines, je vous écraserai ! Je vous étoufferai, serpents ! »

LE PSYCHIATRE DE GARDE, *effaré, aux infirmiers* : Piquez-le avec une pleine de Droleptan ; et deux ampoules de Nozinan en 100 milligrammes.
INFIRMIER CALIBAN : On lui a déjà filé deux de Clopixol !
LE PSYCHIATRE DE GARDE, *dépassé* : Eh merde. Mettez toute l'ampoule. Euh, non, une moitié, mais vous dosez bien.

Ismaël est parvenu à dégager son bras droit. Envoyant un coup au hasard, il atteint l'infirmier de gauche en plein dans l'œil. L'infirmier Prospero hurle de douleur.

INFIRMIER 2 : Il va se mettre en arrêt !
INFIRMIER PROSPERO : Aïe ! Putain ! Je suis blessé ! Il m'a blessé !
INFIRMIER CALIBAN : Je peux pas trouver le quadrant.
LE PSYCHIATRE DE GARDE : On s'en fout du sciatique. Pique à travers le pantalon et balance la purée.

Le médecin s'empare de la seringue et prépare la dose. Ismaël est maintenant attaché à son lit, il remue si fort qu'il arrive à déplacer le lit.

ISMAËL, *il le regarde avec défi* : Ah ah ! Vous pouvez y aller ! Ça ne me fait rien, vos trucs à la con ! Je suis morphino-résistant…

10. Réveil à l'hôpital – Matin

C'est le matin. Nous sommes dans la **chambre d'hôpital** d'Ismaël. Il s'agit d'un joli hôpital psychiatrique ensoleillé, des petits pavillons dans un parc…
Les parents d'Ismaël, ABEL et MONIQUE, lui rendent visite… Ismaël est attaché à son lit d'hôpital, dans une camisole de force. Les parents sont assis à son chevet, habillés trop impeccablement comme les provinciaux en visite à Paris. Par la fenêtre grillagée, soleil et chants d'oiseau.

ISMAËL : … Mais vous ne pouvez pas arrêter de ramper devant ces médecins à la con. Ils me prescrivent de la merde, ils ont eu leur diplôme dans une pochette-surprise, mais ils ont un putain de diplôme alors vous, vous rampez.

ABEL : Ils ont l'air calés les médecins ici.

ISMAËL : Je suis attaché. Je suis attaché à un putain de lit ! Vous trouvez ça normal ?

ABEL : … C'est peut-être pour ton bien, mon garçon.

ISMAËL : J'ai l'air fou ? Vous trouvez que j'ai l'air fou ? !

ABEL : Ben, un peu. Non ?

MONIQUE : Si.

ABEL : Ils ne vont pas te garder toute ta vie. Dès que tu vas mieux, ils te sortiront d'ici, j'en suis sûr.

ISMAËL : Alors papa, défais cette putain de sangle. Je ne casserai rien, je ne me battrai pas. Je suis très faible à la bagarre. Défais-la.

ABEL, *avec honte* : Je ne peux pas…

MONIQUE : Tu sais, quoi qu'il se passe, il y aura toujours une place à Roubaix pour toi à l'épicerie.

ISMAËL : Maman, je suis altiste dans un quatuor…

ABEL : C'est vrai, Monique… *Il soupire et, pour son garçon, entonne* : « À la fin, tu es las de ce monde ancien. »

MONIQUE, *enchaînant* : « … Bergère ô tour Eiffel, le troupeau des ponts bêle ce matin… »

ABEL, *même jeu* : « Tu en as assez de vivre dans l'antiquité grecque et romaine/Ici même les automobiles ont l'air d'être anciennes. »

ISMAËL, *l'air las* : Apollinaire…

MONIQUE : Le poète préféré de ton papa… *Puis, les larmes aux yeux :* Dis, c'est vrai que tu es sorti dans la rue avec une cape de mousquetaire ?

ISMAËL : Écoute, ça va avec cette histoire ! Ne me dis pas que ça ne t'arrive jamais de porter des trucs un peu étranges.

MONIQUE : Ben non.

ISMAËL : Il y a bien des vêtements que tu aimes bien mettre dans certaines occasions… Tu vois ce que je veux dire… Papa ?

Emmerdé, Abel ne voit pas plus que Monique à quoi Ismaël fait allusion.

MONIQUE : Mais tu penses à quoi ?

ISMAËL : Oh, je ne sais pas, ça dépend : une cape ?... un poncho ?

MONIQUE, *offusquée* : Non !

ISMAËL : Taratata. Cette histoire de pourpoint, c'est trois fois rien.

11. Entretien à l'hôpital – Matin

Le même jour, dans un bureau, Ismaël rencontre une **belle psychiatre,** Mlle Hélène Vasset. La femme doit confirmer l'hospitalisation pour une semaine d'Ismaël ou le libérer.
Derrière Mlle Vasset souriante, un grand poster de la *Vénus* de Botticelli ; elle sort des flots...
Ismaël fait la gueule ; il frotte ses poignets fraîchement déliés.

LA PSYCHIATRE VASSET : ... Vous êtes marié ?

ISMAËL : Pas légalement.

Dr H. VASSET : Des enfants ?

ISMAËL : Pas vraiment.

Dr H. VASSET : Excusez-moi mais, comment fait-on pour « ne-pas-vraiment » avoir d'enfant ?

ISMAËL : Je me suis occupé d'un enfant, mais je ne m'en occupe plus... J'aimerais savoir ce que je fais ici.

Dr H. VASSET : Il semblerait que vous ayez fait preuve d'un comportement un peu excessif ces derniers temps.

ISMAËL : Première nouvelle.

Dr H. VASSET : Vous pouvez peut-être m'éclairer un peu là-dessus.

ISMAËL : C'est très aimable à vous de vous soucier de ma santé, mais je ne me souviens pas de vous avoir demandé quoi que ce soit.

Dr H. VASSET : C'est très vrai, vous ne m'avez rien demandé ; ce sont des proches qui s'inquiètent pour vous.

ISMAËL : Mes proches ?

Dr H. VASSET : Vous êtes placé ici en HDT… *Ismaël ne comprend pas.* C'est une « hospitalisation à la demande d'un tiers ».

ISMAËL, *interloqué* : Mais quel tiers ? !… C'est idiot, j'ai vu mes parents ce matin.

Dr H. VASSET : Oui…

ISMAËL : Mais ils sont venus uniquement parce que je suis enfermé ici. Sinon je les vois très peu, ils vivent en province… Alors, je vois mal ce qu'ils auraient pu vous dire.

Dr H. VASSET : Je crois savoir que vous avez une sœur en région parisienne ?

ISMAËL : Elizabeth ? ! Impossible. Je m'entends très bien avec elle. Je l'ai vue encore il y a quinze jours. Et ça s'est très bien passé…

12. Flash-back : chez Elizabeth – Jour

Soudain, sur cette dernière réplique, nous sommes passés en flash-back, quinze jours auparavant…
Ismaël rend visite à sa sœur qui est peintre amateur. La scène se passe à la périphérie de Paris, dans un atelier de peintre. Ismaël et

sa sœur sont entourés de vaisselles peintes, assiettes et vases, tous couverts de motifs naïfs.
Elizabeth portera des sandales de yakuza, Ismaël des Nike spectaculaires.

ELIZABETH : Pourquoi tu es venu ?
ISMAËL : Ben, pour rien en particulier. Pour te voir.
ELIZABETH : Ah… Juste comme ça ?
ISMAËL : Oui…
ELIZABETH : Tu n'es pas venu à Noël.
ISMAËL : Non, c'est vrai ; mais j'ai amené des cadeaux./ On est en juillet…/ *Il lui tend trois enveloppes.* Alors, il y en a une pour toi. Et les deux autres, c'est pour les jumeaux.
ELIZABETH, *elle ouvre son enveloppe. Dedans une carte de vœux encore vierge, et un chèque au montant outrageusement élevé* : Qu'est-ce que c'est ?
ISMAËL : Je ne savais pas quoi acheter. En plus, je ne connais pas bien les magasins… Et je ne savais pas de quoi tu as besoin, alors…
ELIZABETH, *elle rit* : Mais pourquoi tu me donnes tout ça ? !
ISMAËL, *fièrement* : C'est pour toi ; c'est pour que tu t'installes…
ELIZABETH : C'est gentil. *Une pause.* Et qu'est-ce que je suis censée faire avec ça ?
ISMAËL : C'est pour que tu réussisses dans ce que tu veux vraiment faire.
ELIZABETH, *elle sourit* : Mais je gagne de l'argent.
ISMAËL : Oui, je sais.

ELIZABETH : Tu viens me proposer de l'argent, mais putain, tu ne peux pas te demander un tout petit peu ce que je veux vraiment ?

ISMAËL : Ben, c'est pour ça que je voulais te prêter cet argent. Pour que tu puisses arriver à faire ce que tu veux vraiment, sans perdre ton temps à devoir faire les assiettes, les paysages, tout ça... *Il indique les peintures naïves alentour.*

ELIZABETH : « Sans perdre ton temps », mais tu sais quoi de *mon temps* ?... Qu'est-ce que, moi, je pense que c'est : gagner *mon temps*, gagner *ma vie* ?

ISMAËL : Ben, les peintures que tu faisais !

ELIZABETH : Les peintures que je faisais quand j'avais seize ans ? Tu t'es demandé qui je suis ? Qu'est-ce que j'en ai à foutre d'être peintre ? C'est TOI qui veux que je sois peintre.

ISMAËL : Mais moi, je ne veux rien du tout.

ELIZABETH : Je gueule comme une idiote ! Tu sais que je suis douce comme fille ? Non, je dis ça, parce que, à huit ans, tu as *décidé* que j'étais véhémente alors je fais ma véhémente. Mais tu sais que, quand tu n'es pas là, quand je vis ma vraie vie, je suis DOUCE ? Tu le sais ? Demande à Delphine et Fidèle. Moi, je veux un enfant d'accord ? Je ne veux pas des peintures : je veux être une mère au foyer.

ISMAËL, *très embarrassé* : Ah oui, mais alors là, ça, je n'y peux rien ! *Se défaussant* : Je suis ton frère. Je peux t'avancer de l'argent, c'est tout...

ELIZABETH : C'est pas la question de cet argent. Bien sûr que je le prends. Je te dis juste que ton souci de moi – *Besorgen*, c'est comme ça qu'on dit en philo ? – mais demande aux parents ou aux jumeaux ! C'est juste toi, qui es le petit roi au milieu de ton monde, à jouer avec tes soldats – *geste des doigts* – ou je ne sais quoi, et tu me laisses seule comme un chien. Tout ce que tu fais, c'est une ignorance de moi. Va-t'en. *Ismaël se relève honteusement.* T'as mangé ?…

13. Cuisine d'Elizabeth – Jour

Juste après, on retrouve Ismaël et son beau-frère, NICOLAS, en survêtement, dans la **cuisine**. Ismaël est assis devant une petite table, un grand verre de lait devant lui. Le beau-frère prépare des œufs brouillés.

NICOLAS : Voilà, c'est bientôt prêt… Ketchup ? Un peu de poivre ?

ISMAËL : Volontiers.

Quand Nicolas se retourne et vient poser les deux assiettes sur la table, les deux hommes voient les larges motifs naïfs peints sur les assiettes. Ismaël pouffe.

ISMAËL : Je m'excuse, désolé…

NICOLAS, *furieux* : Ah non, ne commence pas, hein ! Tu arrêtes là ! Tu ne commences pas !

14. Suite entretien à l'hôpital – Matin

Retour à l'hôpital où Ismaël conclut :

ISMAËL : … Alors, je ne vois pas vraiment pourquoi Elizabeth serait allée me dénoncer.

Dr HÉLÈNE VASSET : Pourquoi dites-vous « dénoncer » ?

ISMAËL : Devinez.

Dr HÉLÈNE VASSET : Vous pensez que c'est forcément malveillant ?

ISMAËL : Madame, je n'ai pas de trouble « psychiatrique » ou vos conneries de je ne sais pas quoi…

Dr HÉLÈNE VASSET, *elle consulte un dossier* : Je vois que vous suivez une analyse depuis… huit ans, à trois séances par semaine… *Un temps.* Vous m'avez l'air en détresse.

ISMAËL : Oui. C'est mon âme qui me fait souffrir, et ça vous n'y pouvez rien.

Dr HÉLÈNE VASSET : Pourquoi je n'y peux rien ?

ISMAËL, *un peu las* : Ben parce que vous êtes une femme.

Dr HÉLÈNE VASSET : Et alors ?

ISMAËL, *gentiment* : Excusez-moi, mais les femmes, c'est pas pareil que les hommes, hein.

Dr HÉLÈNE VASSET : C'est-à-dire ?

ISMAËL : Ben, vous n'avez pas d'âme.

Dr HÉLÈNE VASSET : Parce que je suis une femme ?

ISMAËL : Ne me regardez pas comme ça, ce n'est pas ma faute. Vous avez déjà vu une femme prêtre ou une femme rabbin ? Bon. Vous avez sûrement autre chose à la place, je ne dis pas, mais enfin…

Dr HÉLÈNE VASSET : …

ISMAËL, *conciliant, il conclut* : Je me vois assez mal parler de mon âme avec vous.

Dr HÉLÈNE VASSET, *elle commence à s'amuser* : C'est un peu insultant pour les femmes, non ?

ISMAËL, *mal à l'aise, fiévreux ?* Mais non, les hommes, ça vit sur une droite, et les femmes, vous vivez dans des bulles. Je ne sais pas : des petites bulles, ou vous devez passer de l'une à l'autre, ou il y a des intersections… C'est des bulles de temps, j'imagine. Mais nous les hommes, c'est une ligne, une seule droite : on vit pour mourir. Voilà.

Dr HÉLÈNE VASSET : Et les femmes, elles vivent pour quoi ?

ISMAËL : Ben… *Il hésite, fait la moue, puis d'une petite voix :* pour rien. Vous vivez, quoi. Nous, on vit pour mourir.

Dr HÉLÈNE VASSET : Ah. C'est quoi votre définition de l'âme ?

ISMAËL : Eh, on ne va pas parler de théologie maintenant. Je ne suis pas votre copain ; je suis enfermé dans cette clinique merdeuse, et vous m'examinez pour dire que je suis normal et que je suis enfermé d'une manière tout à fait scandaleuse depuis hier soir.

Dr HÉLÈNE VASSET : Non, je voudrais vraiment savoir votre définition de l'âme.

ISMAËL : Vous voulez que je vous réponde : une bite et deux couilles ? Eh ben non. Une âme, c'est une manière de négocier au quotidien avec la question de l'Être. Je ne dis pas que ça vous est inaccessible. Je vous dis que *je* négocie au putain de quotidien avec la question de l'Être. Et ne me toisez pas avec votre regard de mère la vertu, féministe de je ne sais quoi. Avec votre bloc-notes sur les genoux, à guetter que je vous refile du symptôme pour pouvoir m'enfermer. Et vous venger de je ne sais quel dol de dingue que vous portez sur la gueule. Je vous ai rien fait, j'ai rien fait à personne et je ne suis pas fou. T'as compris le message ? Tu peux aller le répéter à ton politburo toute seule ou t'as besoin de moi ?

Dr HÉLÈNE VASSET, *elle s'est levée et dirigée vers la porte* : Vous n'êtes peut-être pas fou, mais une bonne semaine à vous calmer ici, ça ne pourra vous faire que du bien…

ISMAËL, *furieux, il est resté assis* : C'est quoi le recours légal ?

Dr HÉLÈNE VASSET : Ah, vous pouvez toujours écrire au substitut du procureur.

ISMAËL : Très bien, j'exige du papier et un stylo.

Dr HÉLÈNE VASSET : Mais certainement.

ISMAËL : Je vais vous dénoncer, ma petite connasse.

Dr HÉLÈNE VASSET, *elle sort* : Je vous conseillerai de vous calmer avant d'écrire votre courrier.

ISMAËL : Du papier et un crayon. Et rendez-moi mes lacets !…

Ismaël reste seul dans le bureau du Dr Vasset, un peu honteux.

---

15. Hôpital Grenoble – Fin de journée

Nora se tient devant la **sortie du bloc opératoire**. Une jeune infirmière effrayée : « Ils arrivent… »
Le staff chirurgical sort en trombe. Ils sont couverts de sang.
Puis… Ailleurs, le chirurgien s'est changé. Il a l'air épuisé et terrifié. Nora et lui sont maintenant seuls. Il raconte l'opération à Nora.

LE CHIRURGIEN : … Nous avons trouvé les entrailles tellement abîmées que nous n'avons rien fait… Tout le ventre est détruit. Nous avons seulement recousu, c'est tout.

C'est un cancer.

NORA : Ah. De quoi ?

LE CHIRURGIEN, *il ne peut plus savoir* : On ne peut plus savoir. Maintenant tout s'est généralisé, c'est effrayant… Votre père devait être très malade depuis des mois. Je ne comprends pas comment il a tenu la douleur si longtemps.

NORA, *elle est sonnée* : Ah… C'est une nouvelle terrible.

LE CHIRURGIEN : Oui. *Un temps.* Il est condamné à très court terme.

NORA : … Qu'est-ce que je dois faire ?

LE CHIRURGIEN : Vous pouvez prévenir la famille. Vous êtes nombreux ?

NORA, *dans la réponse de Nora, on comprendra que la famille est éclatée…* : Non, j'ai une sœur. *Elle fouille dans son sac…*

LE CHIRURGIEN : Il vaudrait mieux la joindre rapidement.

NORA : Je ne sais pas où elle est… *Un temps.* Il ne se plaignait presque pas au téléphone.

LE CHIRURGIEN : Je suis désolé.

NORA : Quand est-ce qu'il va mourir ?

LE CHIRURGIEN : … Cinq jours, dix jours, je ne sais pas. C'est foudroyant.

NORA : Je peux le voir ?

LE CHIRURGIEN : Non, il est en salle de déchocage. Vous devriez aller vous reposer : il ne se réveillera pas avant demain matin. Rentrez chez vous.

NORA : … Je voudrais rester ici un petit peu.

16. Chez le père de Nora – Nuit

Nora est rentrée chez son père pour y dormir. Elle veille en fumant dans la **chambre d'Elias**.
Le téléphone sonne. Il est 3 heures du matin. Nora se lève du canapé où elle veillait. Elle traverse l'appartement obscur, comme un labyrinthe. Arrivée devant le téléphone, elle hésite, comme terrifiée par la sonnerie.
Enfin elle décroche.

NORA : Allô ?

CHLOÉ : C'est qui ?

NORA : C'est Chloé ?

CHLOÉ : Qu'est-ce que tu fais là ?

On voit Chloé. C'est la sœur cadette de Nora.
Elle téléphone dans un **bar turc** en Allemagne. Il pleut à verse. On entend une musique assourdie. Chloé a l'air souffrante, junkie ? Derrière elle, voiture de flics, un deal furtif.

NORA : Chloé !… Je suis venue voir papa. Elias passe ses vacances ici… Je suis venue hier pour dîner avec eux.

CHLOÉ : Ah. Tu peux me le passer, s'te plaît ?

NORA : Non, il n'est pas là pour l'instant… Où est-ce que tu es ?

CHLOÉ, *elle ne répond pas* : Ah merde ! Il devait m'envoyer un mandat.

NORA, *elle inspire un grand coup pour annoncer* : Papa est à l'hôpital.

CHLOÉ : Ah merde… Putain, j'ai besoin d'un mandat, il devait m'en envoyer un ! Quand est-ce qu'il sort ?

NORA : Chloé… Ils l'ont opéré ce soir, il est encore à l'hôpital.

Une pause ; le temps semble se dilater à l'infini. Chaque mot lui déchire la bouche. Comme une enfant, Nora songe que si elle taisait la vérité à sa sœur, peut-être le cancer de Louis disparaîtrait. La tâche lui semble trop lourde, et pourtant elle raconte.

NORA : Quand ils l'ont ouvert, il y avait des tumeurs partout, et ils ont dû recoudre tout de suite. Ça a métastasé, tout est détruit à l'intérieur, il va mourir. Chloé ?…

CHLOÉ, *elle aussi inspire à grandes bouffées, mais elle semble vaciller*… Oh non ! Oh non, pas lui, pas maintenant…

NORA : On ne peut pas le soigner. Il va avoir mal. Et il a peur…

Nora regarde, posée au sol contre un mur, la gravure de Léda, mystérieuse.
Et puis encore :

NORA : Il faut que tu viennes. Je suis toute seule ici. J'ai laissé Elias à la colonie. Je ne sais pas quoi faire…

CHLOÉ, *elle pleure* : Je ne peux pas venir, je n'ai pas d'argent.

NORA : Moi, je vais t'en envoyer.

CHLOÉ : Non, je vais venir, je vais faire du stop.

NORA : Dis-moi une adresse, ou une poste. Je vais t'envoyer un mandat.

CHLOÉ : Je n'ai pas d'adresse.

NORA : Où est-ce que tu es ?… Tu es en France ?

CHLOÉ, *elle ment* : Oui.

NORA : Tu n'as qu'à me dire une gare, ou un aéroport. Si tu veux, je t'envoie un billet de train par une agence.

CHLOÉ, *elle pleure encore* : Non non, je vais venir en stop… Je vais partir demain.

NORA : Dis-moi où je peux t'appeler.

CHLOÉ : Tu ne peux pas m'appeler !

NORA : Tu as bien un numéro, non ? Tu as bien un ami qui a un portable ?

CHLOÉ, *elle crie* : Non, tu ne peux pas me joindre, moi je vais te rappeler.

17. Hôpital de Grenoble – Petit matin

C'est l'aube. Nora arrive à l'hôpital. **Dehors**, il pleut à verse ; elle se protège avec son manteau. Elle a les cheveux mouillés.
Dans l'**hôpital**, une infirmière lui dit que son père dort toujours. Elle emmène Nora jusqu'à la salle de réveil. Nora voit son père de loin, derrière une vitre ; il est allongé, les yeux mi-clos ; il est intubé…

NORA : Pourquoi on lui a mis du scotch sur les yeux ?
L'INFIRMIÈRE : Quand les paupières restent ouvertes, les yeux se dessèchent et c'est douloureux. Mais on va les lui enlever…

Plus tard… Nora est assise dans un couloir sur une chaise. L'infirmière lui apporte une serviette-éponge et un verre d'eau. « Tenez… »

NORA : Je vais attendre le réveil ici.
L'INFIRMIÈRE : Vous avez l'air fatiguée.
NORA : Je ne suis pas arrivée à dormir cette nuit, mais ça va.

Puis l'infirmière la laisse seule. Nora s'assoupit…
Une horloge s'arrête.

18. Hôpital de Grenoble – Petit matin

Note : La voix de Nora pour lancer la scène ?
« J'étais fatiguée ; je me suis assoupie dans le couloir de l'hôpital. Et, à mon réveil, le fantôme de mon premier mari était là… »

Nora ouvre les yeux.
Au milieu du couloir vide, un garçon d'une vingtaine d'années, très beau, trop jeune, se tient devant elle.

NORA : Pierre ?… Tu es là ?

PIERRE, *il sourit* : Ben oui.

NORA : Oh… Ça me fait tout drôle de te voir ici ! Je suis en train de dormir ?

PIERRE : Mm… Non, pas exactement.

NORA, *elle se retourne : le couloir est vide, à part Pierre* : Ah. Ça me fait plaisir !…

PIERRE : Moi aussi. Tu n'as pas changé. Tu es encore plus belle.

NORA : Oh non, moi je suis une dame maintenant. Ça fait si longtemps !

PIERRE : Dix ans.

NORA, *elle le regarde presque amusée* : Oui. Que tu étais jeune !… C'était tellement triste quand tu es mort…

19. Flash-back : cimetière – Jour

Un flash. On voit l'enterrement de Pierre dix ans auparavant.
Cimetière, bruits de périphériques, un prêtre…
Nora plus jeune, à peine enceinte. Elle est habillée en noir.
À ses côtés, le père de Nora et Chloé, l'air sage et grave d'une étudiante…
« Je vous salue Marie, pleine de grâce, le Seigneur est avec vous, etc. »

18 suite. Hôpital de Grenoble – Petit matin

Dans le **couloir** de l'hôpital, à nouveau.

PIERRE, *il sourit* : Tu as été malheureuse ?

NORA : Tout a été tellement vite que je ne sais même pas si j'ai eu le temps d'être malheureuse…

PIERRE, *avec une tendresse moqueuse* : Et tu étais enceinte de moi.

NORA : Oui !

PIERRE : Ce n'était pas trop dur d'être enceinte toute seule ?

NORA : Je me suis battue tu sais…

20. Flash-back : cabinet de gynécologue – Jour

Chez le gynéco, première échographie. Nora est allongée, le pull relevé. Le médecin prépare la machine pour l'échographie. Il passe le gel sur le ventre.

LE GYNÉCO, *jovial* : Vous relevez votre pull… Le père n'est pas là ?

NORA : Non.

LE GYNÉCO : Il n'est pas curieux ?

NORA : Le père ne viendra parce qu'il est mort, il y a un mois.

Silence emmerdé du gynéco. « Si vous préférez, nous pouvons reculer le rendez-vous… »
Nora décline. « Non, allez-y. » Le médecin passe l'échographe.

LE GYNÉCO : C'est un garçon.

Puis, elle rejoint son père dans la **salle d'attente**. Louis Jenssens vient la prendre dans ses bras.
« Alors, c'est un petit garçon ou une petite fille ? Un garçon, une fille ? Garçon ? ! Mais, c'est bien ! Tu es contente ma chérie ?... »
Nora ne peut répondre que par des sanglots.

18 suite. Hôpital de Grenoble – Petit matin

NORA, *au fantôme de Pierre* : Personne ne voulait que je le garde... Mais moi, je voulais avoir cet enfant.

21. Flash-back : appartement du père – Jour

Un fragment de la conversation qui suit se déroulera sur la fin de la scène précédente.
La **chambre d'Elias** dix ans auparavant. D'un côté de la pièce, le lit de Chloé, de l'autre celui de Nora.
Nora s'engueule avec sa sœur, qui lui conseille d'avorter. Il est toujours temps d'arrêter cet enfant...
Les deux sœurs. Une raisonnable, Chloé ; l'autre qui choisit l'absolu enfantin, Nora.

CHLOÉ : Tu es enceinte de combien ?
NORA : Trois mois.
CHLOÉ : Il faudrait que tu avortes.
NORA : Je n'avorterai pas, je ne peux pas tuer son enfant.
CHLOÉ : C'est idiot. Pierre est mort. Pierre ne reviendra jamais.

NORA : Tu ne comprends rien.

CHLOÉ : Si, je te comprends, et je t'aime. Tu ne dois rien à Pierre. Tu ne dois rien à personne. Tu ne veux pas avoir cet enfant ; c'est parce que tu te sens coupable.

NORA : Je ne peux pas, j'ai passé les délais.

CHLOÉ : On peut faire le voyage en Angleterre ou en Hollande. Je viendrai avec toi.

NORA, *elle crie* : Tais-toi, ferme ta gueule, Chloé, tu ne sais rien !...

18 suite. Hôpital de Grenoble – Petit matin

Nous revenons au **couloir** de l'hôpital. Pierre écoute Nora, encore et encore.

NORA : J'ai dû aller cent fois à la mairie pour déclarer notre enfant. Je voulais qu'il porte ton nom.

22. Flash-back : mairie – Jour

1er round. Nora, presque à terme, est à la mairie de Grenoble, au **bureau des naissances.**

Elle est assise à un petit guichet isolé des deux autres par deux larges cloisons.

L'EMPLOYÉ ADMINISTRATIF, *routinier* : Vous avez la procuration du père ?

NORA : Non.

L'EMPLOYÉ ADMINISTRATIF : Il me faut la procuration, c'est obligatoire. Il faudra revenir avec le document, ou dire au père de se déplacer…

NORA : Le père de l'enfant est mort accidentellement au début de ma grossesse.

L'EMPLOYÉ : Ah… Je suis désolé.

NORA : Il n'a pas eu le temps de faire la reconnaissance. Alors je suis venue le faire à sa place.

L'EMPLOYÉ, *embarrassé* : Oui… Écoutez, le mieux, ce serait peut-être de revenir lorsque l'enfant sera né…

NORA : Je suis seule. Je ne pourrai pas me déplacer. J'ai apporté tous ses papiers : la fiche d'état civil, un extrait d'acte de naissance, le certificat de décès…

L'employé, gêné, regarde Nora sortir un à un ses papiers d'un dossier cartonné et les poser nerveusement sur le bureau.

NORA : J'accouche dans deux semaines.

L'EMPLOYÉ : Dans l'immédiat, je ne vois pas ce que je peux faire pour vous…

NORA : Vous n'avez qu'à inscrire dans vos registres que Pierre Cotterelle est le père de mon enfant.

L'EMPLOYÉ : C'est malheureusement impossible… Il faut la signature du père.

NORA : Je vais signer pour lui. Ce n'est qu'une formalité.

L'EMPLOYÉ : Madame, excusez-moi… C'est tout sauf une formalité. C'est un acte juridique. Si vous signez ce document vous-même, sans procuration, il n'aura pas de valeur…

NORA : Mais puisque c'est la vérité. Puisque Pierre est le père de mon fils !... *Puis, comme si elle réalisait une insulte brutale comme une gifle* : Comment osez-vous me dire ça ? ! Comment osez-vous ? !

L'EMPLOYÉ, *impressionné* : Je ne voulais pas vous heurter, surtout dans votre situation... J'essaye simplement de vous expliquer que même si vous pouviez m'apporter la preuve que Pierre Cotterelle est le père de votre enfant – et je n'en doute pas une seconde ! –, même si vous m'apportiez cette preuve, je ne pourrais pas enregistrer votre déclaration. C'est impossible. Juridiquement, votre enfant ne peut pas être reconnu par un mort.

18 suite. Hôpital de Grenoble – Petit matin

NORA, *ses mains dans celles du fantôme de Pierre* : ... Ils ne voulaient pas me croire, ils m'ont dit des choses horribles. J'étais seule pour me défendre. J'avais vingt ans ! Et je me suis tellement battue pour faire reconnaître l'enfant...

22 suite. Flash-back : mairie – Fin de jour

Mi-temps : dans un couloir ouvert à l'étage de la mairie, Nora et l'employé attendent. Nora s'est assise en arrière sur une banquette, pour reposer son ventre lourd.

NORA : Je ne veux pas que cet enfant porte mon nom. Mon fils est orphelin, mais il a un père.

L'EMPLOYÉ : Croyez-moi, j'aimerais vous aider.

NORA : Il doit y voir une dérogation.

L'EMPLOYÉ : C'est la loi. Je n'y peux rien. C'est comme ça. Je comprends que cela puisse vous choquer. Mon chef de service sera là d'une minute à l'autre…

Puis, deuxième round : au bureau des naissances, à nouveau. Fin de jour.
Les mêmes. Derrière : un chef de service silencieux.

L'EMPLOYÉ : Votre concubin n'a laissé aucun papier, un document, une lettre qui pourrait attester de sa volonté de reconnaître votre… enfant, son enfant ?

NORA, *glaciale* : Une lettre !…

L'EMPLOYÉ, *confus* : Il aurait pu écrire à un parent, ou à un proche, pour annoncer l'heureux événement…

NORA : Non.

UN CHEF DE SERVICE : Dans ce cas, madame, je suis désolé…

NORA : C'est possible par dérogation.

L'EMPLOYÉ : Ben non. Je ne crois pas.

NORA : Si nous étions mariés, l'enfant serait reconnu.

L'EMPLOYÉ : Oui…

NORA : Nous devions nous marier. Nous n'avons pas eu le temps.

L'EMPLOYÉ : Je comprends.

NORA : Non, vous ne comprenez pas. Je veux voir votre supérieur.

L'EMPLOYÉ : Madame, nos supérieurs vous diraient la même chose que nous.

NORA : Je veux le voir immédiatement. Je ne bougerai pas d'ici.

L'EMPLOYÉ : Je vous demande simplement un peu de patience.

NORA : Je veux voir votre chef immédiatement !

À bout d'arguments, l'employé se lève pour aller chercher un autre supérieur.

23. Flash-back : salle de bains chez le père – Jour

Nora est dans la baignoire. Elle est maintenant enceinte de six mois et demi. Sa sœur entre pour lui apporter une sortie-de-bain. Un peu en retrait, elle regarde pudiquement Nora.
« Je peux entrer ?... »
Chloé lui demande s'il bouge. Le ventre de Nora pointe joyeusement de la mousse du bain...
Chloé vient s'asseoir sur le rebord de la baignoire...
« Il bouge déjà ?/Un peu./C'est vrai ? !/Tu veux toucher ?/Je peux ?/Oui ! »
Le ventre tressaille, comme un choc électrique entre les deux sœurs. Chloé n'aura jamais d'enfant.
« Je me retrouve avec des gros seins, ça me fait bizarre ! »
Elles rient.

18 suite. Hôpital de Grenoble – Petit matin

NORA, *elle pleure ses combats passés* : Aujourd'hui, je suis stupéfaite par ma ténacité. J'étais si courageuse…

PIERRE : Mais tu étais une fille vachement courageuse.

Pierre lui essuie ses larmes. Nora rit.

24. Flash-back : salle d'accouchement – Jour

Un plan : l'accouchement.
La sage-femme a nettoyé les yeux de l'enfant… Et vient poser Elias sur la poitrine de Nora.
Plus bas encore qu'un murmure : « … Je te bénis. Tu me bénis. Tu me bénis… »

25. Flash-back : maternité – Jour

On verra Nora. Elle donnait le biberon à Elias qui vomissait… Nora pleure.
« Le médecin a dit que mon lait n'était pas bon. Il vomit tout le temps… »
La pédiatre la rassure : ça arrive parfois…

18 suite. Hôpital de Grenoble – Petit matin

À nouveau, le **couloir** de l'hôpital.

NORA : Mon lait était amer…

PIERRE, *il tente de chasser son chagrin* : Et tu t'es mariée avec moi !

NORA : C'était le seul moyen pour qu'Elias porte ton nom. Je croyais mourir de honte pendant ce mariage. Comme si c'était un blasphème. Mais j'avais tellement de haine en moi que ça m'a sauvée. C'est ma haine qui me protégeait de tous ces gens, et de la honte…

26. Flash-back : salle des mariages Grenoble – Jour

On verra le mariage posthume de Nora.
Nora a réussi à vaincre la mairie qui a accepté le mariage.
Nora se tient droite, pleine de colère et de honte, devant les employés, qui la marient avec un absent. À son côté, la chaise vide. Derrière, sur un banc, les beaux-parents. Dans l'autre travée, Louis et Chloé. Louis tient le nouveau-né dans ses bras…
Rituel dérisoire, remise du livret de famille. Le décor est terrifiant.

L'ADJOINT AU MAIRE, *on entendra à peine…* Vu le décret de Monsieur le Président de la République en date du 3.9.1993, pris en application de l'article 171 du Code civil, autorisant le mariage de Pierre Cotterelle, né le 25 janvier 1965 à Paris, décédé le 1er novembre 1992, fils de Raymond et Andrée Cotterelle, avec Nora Jenssens. Devant nous a comparu publiquement Nora Jenssens, née à Meylan, qui a déclaré vouloir prendre pour époux Pierre Cotterelle. Sur ce, nous avons prononcé au nom de la loi que Pierre et Nora sont unis par le mariage à dater d'aujourd'hui, en présence des témoins majeurs : Louis et Chloé Jenssens, respectivement enseignant honoraire à la faculté de Grenoble et étudiante, tous deux domiciliés 9, place Bir-Hakeim à Grenoble. Lecture faite et invités à lire l'acte, l'épouse et les témoins ont signé avec nous Denis Beyle, adjoint au maire...

18 fin. Hôpital de Grenoble – Petit matin

NORA : ... Je parle de toi à Elias parfois.

PIERRE, *présomptueux comme un adolescent* : Il me ressemble ?

NORA : Oui, sur les photos de toi enfant. Mais il ressemble aussi à mon père, son visage... *Elle a fait un geste de la main.* Il n'est pas très curieux, il ne pose pas de questions. Il est très secret, plus secret que toi...

PIERRE, *fièrement* : Moi, je posais trop de questions !

NORA : Oh oui ! Tout le temps !

PIERRE : ... Tu as peur ?

NORA : Oui, là, j'ai peur : son grand-père est amoureux d'Elias, tu les verrais ensemble ! Et là, il est malade, il va mourir. Tu te rends compte : tu es mort, et mon père va mourir aussi. Je ne sais pas comment le dire à Elias...

Pierre embrasse Nora et disparaît...

27. Hôpital de Grenoble – Matin

Nora se réveille dans le **couloir de l'hôpital.** Le fantôme de Pierre s'en est allé…

L'INFIRMIÈRE : Vous avez dormi ?… Votre père s'est réveillé…

Nora se frotte les yeux, et rejoint le père devant la salle de réveil. Devant la vitre, en regardant la **salle de réveil**, l'infirmière : « Vous n'avez pas mangé ?/Non./Vous voulez un sandwich ?/ Non. »

NORA, *après un silence* : Mon père m'a aimée follement…

Puis, les deux femmes rejoignent le père intubé.
Nous restons dans le couloir, mais nous verrons Nora s'asseoir au chevet de Louis à travers la vitre du couloir…

L'INFIRMIÈRE : Monsieur Jenssens, votre fille est là.
NORA : Papa, c'est Nora… L'opération s'est bien passée. Tu m'entends ? Je vais déposer Elias à Paris, je reviens demain…

Note : si nécessaire…
NORA, *voix off* :
« J'ai vu le réveil de mon père. Il était comme un enfant. Je lui ai menti, je lui ai dit que l'opération s'était bien passée. Il ne pouvait pas parler à cause des tubes… »

---

28 & 29. Hôpital psychiatrique – Matinée

Nous passons à nouveau **d'une partie à l'autre.**
Une peinture d'Héraclès au pied d'Omphale, l'homme filant la laine… Nous nous reculons : c'est un calendrier publicitaire pour un psychotrope.
Ismaël est en pantalon, avec une veste de pyjama, devant le guichet de la réception. Un peu excédé, il demande à la secrétaire des pièces pour la cabine téléphonique qui jouxte le guichet.

ISMAËL : Mademoiselle, je suis arrivé ici *contre* ma volonté *sans* mon porte-monnaie. Et je n'ai *pas* de carte de téléphone.

La secrétaire secoue la tête, distante, un peu effrayée.

LA SECRÉTAIRE : Vous n'avez qu'à demander à un patient, ou aux infirmiers.

ISMAËL, *il brandit son chéquier* : Peut-être je peux vous acheter dix pièces de 50 centimes d'euro, par chèque. Passez-moi votre stylo.

LA SECRÉTAIRE : Il y a plein de pensionnaires qui ont des portables. Vous n'avez qu'à leur demander.

ISMAËL, *à la cantonade* : Merci ! Merci !…

Puis, on voit Ismaël à côté de l'infirmier massif qu'il a blessé la veille. Ce dernier a la tête couverte d'un bandage.

ISMAËL, *d'un ton doucereux* : Ça va mieux, la tête ?… J'imagine que je ne peux pas vraiment emprunter votre portable ? Non.

Prospero a refusé sans un mot.
Puis Ismaël rédige fiévreusement un brouillon sur une feuille d'annuaire. Derrière lui, un dingue demande à un visiteur embarrassé : « Vous savez jouer aux dominos ? »
Ismaël : « Non, Claude ! Je vais jouer avec vous. J'ai bientôt fini. Attendez-moi une minute. Je vais jouer, promis… »
Enfin, Ismaël regarde la cabine téléphonique dans le hall d'entrée. Anxieux, il fume. Posée sur le téléphone, une pile de pièces de monnaie…

30. Hôpital psychiatrique – Matinée

Ismaël met une pièce dans l'appareil. Il hésite, inspire un grand coup et compose un numéro.
Le docteur a une belle voix basse, profonde et sévère. Un ton sans réplique.

ISMAËL, *d'une voix exagérément douce, féminine même* : Allô ?

LE DOCTEUR, *voix grave* : Ouiiii…

ISMAËL, *lisant son brouillon, pathétique* : Bonjour, docteur, c'est Ismaël Vuillard… je suis désolé de vous déranger. Mais je vous appelle parce que j'ai un petit problème pour la séance du mardi, c'est-à-dire de cet après-midi… Voilà, je crains de ne pas pouvoir me rendre à la séance…

LE DOCTEUR, *d'une voix basse et intimidante* : Ah bon. Pourquoi ?

ISMAËL : Eh bien, je suis hospitalisé.

LE DOCTEUR : Vous avez eu un accident ?

ISMAËL : Non, non, rassurez-vous, je n'ai rien ; je ne suis qu'à l'hôpital psychiatrique.

LE DOCTEUR : Ah bon. Très bien, je vous attends donc à 16 heures.

ISMAËL : ... C'est-à-dire que les psychiatres proposaient que vous passiez à l'hôpital pour la séance, si vous le vouliez...

LE DOCTEUR, *d'un ton sévère* : Ça me paraît une TRÈS TRÈS mauvaise idée...

ISMAËL : ... Oui, c'est idiot, je m'en doutais un peu. Mais du coup, je vais avoir du mal pour cet après-midi.

LE DOCTEUR, *d'un ton maintenant sans réplique* : Je vous attends à 16 heures, comme d'habitude.

ISMAËL, *il sourit* : Très bien, je m'arrangerai... Merci, docteur.

Ismaël raccroche, anéanti. « Eh merde. »

31. Bureau de l'interne – Matinée

Ismaël vient frapper doucement à la porte du **bureau de l'interne.** Derrière lui, deux secrétaires ou infirmières...

ISMAËL, *dans l'embrasure* : Je crois que ça ne va pas être possible, hein.

L'INTERNE, *exaspéré* : Non, il est hors de question que vous sortiez ! S'il veut vous soigner, il n'a qu'à se déplacer, votre analyste...

ISMAËL : Je suis désolé, mais mon médecin ne se déplacera pas.

L'INTERNE : Et alors ? !

ISMAËL : Alors, je n'ai jamais manqué une séance en huit ans.

L'INTERNE : Mais c'est qui ? C'est quoi son nom à cet analyste ?

Ismaël hausse les épaules, s'approche, prend un papier, puis écrit un nom : « Dr Devereux. »
Il retourne le bout de papier vers le médecin. Le médecin découvre le nom, les deux infirmières itou. Tous blêmissent.

L'INTERNE : Ah. Bien entendu. C'est formidable. Eh bien, c'est d'accord... On va vous trouver une ambulance, n'est-ce pas !

Une des infirmières, tout sourire, se précipite déjà pour chercher l'ambulance. « Bien sûr ! »

ISMAËL : Excusez-moi : est-ce que je pourrais vous acheter du liquide ? Je suis venu ici seulement avec mon chéquier...

L'INTERNE, *il se lève, accompagnant Ismaël à la porte ; se forçant à rire* : Allons, pas de ça entre nous, je peux vous avancer l'argent. Pour qui est-ce que vous alliez nous faire passer ! Et vous dites bien au docteur qu'il n'y a eu aucun problème ! Je compte sur vous ?

32. Hall d'entrée – Matinée

Ismaël à la **cabine de téléphone** à nouveau.

ISMAËL : Passez-moi Me Mamanne, c'est très urgent... M. Vuillard. *On passe la communication...*

Me MARC MAMANNE : Ah, Ismaël ! Mais où est-ce que vous aviez disparu ?

ISMAËL : Ben, c'est un peu compliqué.

Me MAMANNE : Je m'en doute, cher client, mais je panique là. Il faut que vous reveniez fissa. Les impôts sont à notre poursuite.

ISMAËL : Mais je suis coincé ici !

Me MAMANNE : Où ça « ici » ?

ISMAËL : Dans un hôpital.

Me MAMANNE : M'en fous, débrouillez-vous, Ismaël. Mais là, ils sont très méchants, ils *mordent*.

ISMAËL : C'est idiot, mais il semble que j'ai été placé en HDT.

Me MAMANNE : Qu'est'ke c'est qu'ça ?

ISMAËL : Hospitalisation à la demande d'un tiers.

Me MAMANNE : Putain !

ISMAËL : Comme vous dites ! Mais je suis très embêté pour les enregistrements de samedi. Il faudrait que vous trouviez une excuse pour le studio.

Le dingue vient tirer Ismaël par la manche avec une boîte de dominos sous le bras.

ISMAËL, *très gentil* : Oui, dans cinq minutes, Claude, promis… *Puis, à Mamanne* : Non, rien, c'est pas pour vous, maître. C'est un dingue à qui j'ai emprunté de l'argent. Je lui ai promis de jouer aux dominos…

Me MAMANNE : Aïe ! Il faut vous sortir de là !

ISMAËL : Je sais. Mais je suis enfermé.

Me MAMANNE : Et il y a des recours ?

ISMAËL : La psychiatre – qui est une vraie connasse – m'a parlé d'un substitut du procureur. Il semblerait que ce soit lui le recours…

Me MAMANNE : Je vois. Vous êtes dans quel hosto ? Je note…

ISMAËL : Euh, Ville-Evrard… *Il cherche des yeux le nom de l'endroit* : pavillon Île-de-France.

Me MAMANNE : Je passe dans la journée. À tout à l'heure.

ISMAËL : Merci, maître !

Me MAMANNE, *il a raccroché ; pour lui-même, songeur* : La psychiatre…

Note : On verra le bureau de l'avocat. Mezuzah à la porte d'entrée, vitre translucide tirée des films policiers… À l'arrière-plan de sa bibliothèque de droit, les photos des dix enfants et des trois épouses de l'avocat.

Au téléphone, Mamanne, très volubile, enthousiaste, rageusement optimiste.

Costume croisé et plein d'aisance, il parle en bourrant ses phrases de vocabulaire juridique et de jurons.

33. Réfectoire – Midi

Assis à une table en formica, dans la salle commune, Ismaël est épuisé. Il entame la dixième partie de dominos avec CLAUDE, le dingue, passionné par le jeu.
Les infirmiers amènent les plateaux-repas sur un chariot.
D'une voix forte et enjouée : « Les plateaux-repas ! »
Claude-le-dingue, se levant d'un bond, très enthousiaste, comme tous les autres malades : « Ouaiaiais ! » (Chorus…)
Ismaël est effondré.

34. Salle d'attente analyste – Après-midi

Ismaël, un manteau passé par-dessus sa veste de pyjama, est assis dans la salle d'attente de l'analyste. Assis à côté de lui, en blouse blanche, l'infirmier massif qu'il a blessé, son bandage toujours autour de la tête.
À ses côtés, deux autres patients, sacoche au pied, vraisemblablement en « didactique ».
L'analyste ouvre la porte. Le Dr Marie-Louise Devereux est une femme noire imposante de soixante-dix ans.
Elle regarde Ismaël et l'infirmier, et hausse le sourcil = n'importe quoi !…
Elle pointe Ismaël de la tête ; Ismaël s'est levé…

35. Cabinet de l'analyste – Après-midi

Il est possible que le Dr Devereux soit à moitié aveugle, des taies blanches sur les yeux…
Ismaël aimerait que sa psychanalyste compatisse à la misère de sa situation mais elle ne prend pas du tout au sérieux cet internement.

Dr DEVEREUX : Allez, allons-y. Commençons…

ISMAËL, *il est assis* : Je ne sais pas quoi dire…

Dr DEVEREUX : Vous vous souvenez de la règle ?

ISMAËL : Oui, la règle de la libre association… Mais l'infirmier qui attend à côté, là ! J'éprouve une grande honte…

Pendant qu'Ismaël parle, assis en face d'elle, l'analyste se lève et s'approche pour venir scruter son visage, à quelques centimètres. Troublé, Ismaël s'arrête.

Dr DEVEREUX : Mm… Allez, continuez…

ISMAËL : Ce matin, j'étais assez content ; j'avais enfin fait un vrai rêve hier soir, assez étrange. Et je me faisais une joie… *Troublé, il reprend* : Et je me faisais une joie de vous le raconter.

Pendant ce temps, le Dr Devereux vaque à ses occupations ; elle range son bureau, va chercher un papier, débarrasse son service à thé…

Dr DEVEREUX : C'est très bien, allez-y.

ISMAËL : Eh bien, c'est-à-dire… ça se passait dans une église. Une grande église un peu gothique. C'était une cérémonie…

36. Int. cathédrale – Rêve

Récit du rêve de l'échelle.
Nous verrons des images du rêve étrange d'Ismaël Vuillard…

Dans une église, posées contre un mur de côté, deux échelles, une très grande et une de taille plus modeste.
Au pied des échelles, une grande foule regarderait en silence.
Puis, des « citoyens » se réjouiront… Militaires d'opérettes, liesse tahitienne, etc.

ISMAËL *off suite* : … il y avait une grande foule qui se tenait au pied de deux échelles posées contre les murs. Une très grande échelle, décorée : une échelle d'apparat ; et une autre de taille plus modeste. C'était une cérémonie de couronnement, ou de « régence » plutôt ? Je ne savais pas bien. Mais tous les citoyens avaient l'air assez réjouis. Dans… le chœur, sur la grande échelle, à mi-course, et qui l'escaladait, il y avait… la reine d'Angleterre. Oui ! Pas moins ! Elle était vêtue richement, avec sa couronne. Et sur la petite échelle, posée contre le mur du transept, eh bien il y avait ma troisième grand-mère, dans sa robe de marché, vous savez : un tissu à fleurs, une robe de vieille dame…

Moi, j'avais douze ans. Je me trouvais au milieu de la foule, parmi les « citoyens » qui assistaient à cette cérémonie. Et je regardais ma troisième grand-mère escalader son échelle.

Et dans le rêve, chacun des citoyens nous pensions que chaque degré des échelles représentait un degré de la connaissance…

On verra la grand-mère, REINE-MARGUERITE, escaladant son échelle ; elle est âgée, mignonne, porte une petite robe marron, modeste.

Puis l'échelle principale, dorée, vêtue d'un manteau royal et portant couronne, l'analyste d'Ismaël. Tous les spectateurs dans l'église sont recueillis…

35 suite. Cabinet de l'analyste – Après-midi

Nous revenons dans le cabinet de l'analyste. Ismaël semble un peu embarrassé par son rêve enthousiaste…

ISMAËL : Voilà. *Un temps.* C'est assez bizarre… Bon, j'imagine que la reine d'Angleterre, ça doit être vous.

Dr DEVEREUX : Hum hum.

ISMAËL : Mais, dans l'ambulance, sur le chemin en venant vers ici, je réfléchissais à ce rêve que j'allais vous raconter. Et je me demandais : mais qu'est-ce que ça veut dire ?

Et soudain, je me suis rendu compte que ça ne voulait rien dire du tout. Qu'en fait, tout mon rêve n'est qu'une citation d'un poème de Yeats. Mon inconscient avait fait un jeu de mots minable avec une poésie irlandaise !…

Dr DEVEREUX : Oui, eh bien, vous pouvez en parler ici.

ISMAËL : Eh bien, je pense que ce rêve est une allusion à un vers des « Animaux du cirque », mais je ne m'en souviens pas.

Dr DEVEREUX : Essayez quand même…

ISMAËL : Je peux le dire en anglais ?

Dr DEVEREUX : Je vous entends.

ISMAËL, *il ferme les yeux ; soudain, le poème lui vient…* : Je crois que ça donne : « Now that my ladder's gone, I lay down where all the ladders start. »

Alors, c'est un vers ambigu. En français, d'habitude on traduit *lay down* par : « j'agonise ».

Le narrateur a perdu son échelle, il gît sur le sol et il attend la mort. « Maintenant que je n'ai plus d'échelle, j'agonise là où toutes les échelles s'enfuient. »

Mais je n'aime pas trop cette traduction. Parce qu'on peut aussi traduire le même verbe par : « je me repose ».

« Maintenant que mon échelle s'est perdue, eh bien, je me repose là où toutes les échelles commencent. » C'est bien mieux… Yeats est tout vieux, il a perdu l'échelle de son imagination, mais ce n'est pas grave. Parce que maintenant il est allongé à l'endroit délicieux où toutes les échelles de l'esprit prennent leur départ. C'est donc un poème tout à fait optimiste…

Dr DEVEREUX, *elle se relève* : Mais vous avez tout à fait raison.

ISMAËL : Oui, mais c'est quand même un peu atterrant que mon inconscient rêve d'un problème de traduction. Je rêve des livres que je lis… J'aimerais bien rêver de trucs plus normaux.

Dr DEVEREUX, *hilare* : C'est quoi pour vous des « rêves normaux » ?

ISMAËL : Ben, j'aimerais mieux rêver de mes parents, ou

je ne sais pas ; comme les patients dans les livres de Freud…

Dr DEVEREUX : Oubliez les livres de Freud ! Ça vous évoque encore une chose ?

ISMAËL, *il conclut en songeant à ceci* : Oh, c'est un rêve d'impuissance. Bon : c'est une métaphore de l'érection. Je ne peux plus monter à l'échelle, je suis un homme fini. D'un autre côté… – *il cligne de l'œil vers l'analyste* – dans mon rêve, je suis dans la foule, avec les autres citoyens. J'ai douze ans, je suis au pied de l'échelle. Et je peux regarder sous vos jupes…

Dr DEVEREUX, *elle éclate de rire* : Très bien ! C'est tout pour aujourd'hui.

ISMAËL : Merci, docteur.

Ismaël sort…

37. Hôpital psychiatrique – Après-midi

Marc Mamanne rend visite à Ismaël.
Ils sont dans **l'atelier dessin**, où Ismaël est en train d'écrire une lettre au substitut du procureur, avec un crayon de couleur bleu.

Me MAMANNE, *euphorique* : Super, vous êtes légalement dingue ! J'en ai jamais douté, mon pote, mais là, c'est prouvé ! Les impôts, on va leur foutre au cul : leur recouvrement, curatelle, tutelle et tout le bazar. Faut que vous vous mettiez la psychiatre dans la poche. Qu'est-ce que vous faites ?

ISMAËL : J'écris au substitut.

Me MAMANNE : Ismaël, ne merdez pas ! Ce coup de l'HDT, c'est *votre* cadeau de Noël, *notre* planche de salut et *mes* honoraires. On les tient par les couilles. Vous étiez dingue, on fait un truc rétroactif, « OK monsieur le juge, j'ai déconné, mais j'étais très malade ». On passe l'éponge, et à nous deux la maille !

ISMAËL, *il lui montre sa lettre* : Oui mais moi, il faut que je sois blanchi !

Me MAMANNE, *il farfouille dans une tonne de papiers administratifs, de mises en demeure, de chèques impayés*... : Blanchi ? Ah ! Les chèques sans provision s'entassent sur mon bureau. J'ai deux agents du fisc teigneux au cul. Vous devez des sommes phénoménales. Je n'en peux plus... Vous avez encore fait un chèque pour votre ex-femme ?

ISMAËL : Oui, mais ça c'est personnel. Je suis en compte avec Nora... C'est pour la rentrée d'Elias.

Me MAMANNE : Quinze mille balles ! Mais vous lui payez des stylos Montblanc ou quoi ? Elle gagne quatre fois ce que vous avez, son mec est pété de thune, elle vous a laissé sur la paille. Professeur, vous êtes *pauvre* !

Note : « Alors ? » Navré, l'avocat secoue la tête. Ismaël regarde sa lettre de protestation, et – à regret – la déchire.

38. Chambre hôpital psychiatrique – Après-midi

Les deux scènes s'enchaînent…
Maintenant, nous sommes dans la chambre d'Ismaël. Me Marc Mamanne est assis sur le lit ; éparpillé autour de lui, le dossier médical d'Ismaël.
Plus tard, dans un pano, nous découvrirons Ismaël dans sa salle de bains, en train de sortir d'un sac en plastique des rasoirs jetables, brosse à dents, etc.

Me MAMANNE : Je vais vous sortir de là.

ISMAËL, *off* : Vous avez prévenu le quatuor pour mon absence ?

Me MAMANNE : Pas de souci, vous êtes couvert… *Nous panotons vers la salle de bains.* Mais dites donc, votre sœur, elle en signe beaucoup des papiers comme ça ?

ISMAËL : Ah, je ne saurais vous dire.

Me MAMANNE : Pour une HDT, mon ami, il faut la lettre d'un tiers, *plus* deux certificats médicaux. Bon, l'hôpital signe l'internement, et de un, d'accord. Mais l'autre médecin, il vient d'où ?

ISMAËL, *il est entré dans la chambre y ranger deux chemises et quelques CD.* Ah, je ne sais pas… *Montrant les chemises propres* : Merci pour tout ça !

Me MAMANNE : De rien !… *Il continue de réfléchir à voix haute* : Moi, je vois mal votre sœur, que vous voyez tous les six ans, organiser la signature d'un médecin véreux. Alors, c'est qui l'Ange noir qui l'a aidée ?

ISMAËL : Ben, je ne sais pas, quelqu'un qui se ferait du souci pour moi… Vous vous faites peut-être du souci pour moi ?

Me MAMANNE : Ah non, pas du tout.

ISMAËL : Alors, je ne sais pas ; c'est peut-être un ami que j'aurais et qui se serait fait du souci pour moi.

Me MAMANNE, *dubitatif* : Vous avez des amis, vous ?

ISMAËL : Oh non.

Me MAMANNE : Mais alors : QUI est-ce qui a trouvé les deux médecins, *et* fait signer votre sœur ?…

Peut-être, pendant la conversation, une infirmière sera entrée ; elle tendra un petit plateau « médicaments » à Ismaël qui commence à avaler mécaniquement une impressionnante série de cachets.

MAMANNE, *intéressé* : C'est quoi vos cachets, là ?

ISMAËL : Oh, je ne sais pas…

39. Vers la sortie – Après-midi

Enfin, au moment de partir… soudain Mamanne est décomposé, suant, souffrant, vaillant malgré tout : un accès de manque.
Les rapports entre les deux hommes sont tendres. Ils sont perdus tous les deux dans l'**immense buanderie** déserte de l'hôpital.

Me MAMANNE, *avec un sourire de jeune fille* : Je ne voudrais pas vous emmerder mais… *Il rit un peu.* Figurez-vous qu'en fait, je suis au Subutex en ce moment ; et ça ne me réussit pas tellement.

ISMAËL : Honnêtement, maître, vous avez une mine de merde.

Me MAMANNE : Oui ! J'aurais préféré la méthadone ! Alors je me disais, autant profiter des aspects positifs de votre séjour ici, non ? Si on faisait un petit tour à la pharmacie ?

ISMAËL, *il regarde son ami avec admiration* : Vous avez une santé magnifique, mais ce serait peut-être bien d'arrêter la drogue un petit moment. Votre médecin ne vous donne rien pour vous aider ?

Me MAMANNE : Si, ce Subutex de merde. J'en prends cinq fois la dose pour me défoncer un peu mais… Je dois vous avouer que je me prendrais bien une petite faveur, là.

ISMAËL : Il y a quelque chose qui vous ferait plaisir ?…

40. Hôpital psychiatrique – Après-midi

On découvre les deux hommes dans un **couloir de l'hôpital**, arrêtés devant une porte. Tous les deux portent maintenant des blouses, l'un d'infirmier et l'autre de médecin.
Deux médecins passent sans les remarquer. Ismaël et Mamanne s'engouffrent dans le vestiaire aux clefs.

ISMAËL : Je crois que c'est là. La clef…

Puis, dans la **pharmacie**, Ismaël jette un œil sur le couloir, et se débarrasse fébrilement de sa blouse et d'un surpantalon blanc qu'il jette en boule dans un coin.
« Mais magnez-vous, maître… »
Dans le fond de la pièce, l'avocat, un sachet de plastique à moitié plein à la main, regarde les boîtes de médicaments avec un air gourmand.

L'AVOCAT : Bah, j'aime pas trop le Rohypnol… Voilà ! Un peu de ventoline, Cortancyl, du Néocodion… Oh, il y a de l'Halcion ! Survector… *Enfantin* : Melleril ! Ah ! de l'Artane. Et un peu d'Atarax…

Enfin, Me Mamanne est penché sur **le guichet**. Il est en train de draguer la réceptionniste, sous son charme.

L'AVOCAT : Maître Mamanne, je ne vous ennuie pas ?… Puis-je vous redemander le numéro de l'hôpital, et votre numéro de fax, s'il vous plaît… Vous seriez exquise, merci… Je peux vous laisser mes coordonnées personnelles. C'est quoi votre petit nom ?…/ « Nadine…/À bientôt, Nadine. »

Ismaël est entré dans le plan ; la caméra le suit comme il va raccrocher discrètement la clef au tableau de la réception. Il récupère le panier des médicaments volés sous le comptoir. Mais déjà l'avocat a rejoint Ismaël. Les deux hommes s'éloignent ensemble vers la sortie…

41. Hôpital psychiatrique – Après-midi

« Donnez-moi deux jours. Et tenez bon ! »
Les deux hommes s'embrassent. Mamanne s'engouffre dans sa voiture. Ismaël fait au revoir de la main à l'avocat qui repart en trombe…

42. Hôpital psychiatrique – Après-midi

L'atelier danse ! « C'est à vous, monsieur Vuillard... »
Surprise heureuse, un disque de Marley Marl traîne avec les autres CD.
Les patients assis en cercle, un ghetto-blaster sur le sol, et au centre du cercle Ismaël improvise une danse extrême.
Une infirmière pimpante regarde Ismaël, épatée. C'est Victorine Meurent.

---

43. Colonie de vacances – Soir

Nora est en voiture ; à côté d'elle le moniteur du centre aéré. Ils roulent sur un **petit chemin boisé**. Nora porte ses lunettes de soleil.

LE MONITEUR : Si vous le désirez, nous pouvons garder Elias encore cinq ou dix jours sans problème.

NORA, *au moniteur* : Non, il faut que je l'emmène. Je vais lui parler maintenant...

LE MONITEUR : C'est juste à droite.

NORA, *au moniteur* : C'est encore loin ?

LE MONITEUR : Non, à peine cinq minutes ; ils ont pique-niqué à la rivière.../C'est bien./ ...Vous allez l'emmener visiter son grand-père avant de partir ?

NORA, *elle crie au moniteur* : Non, je ne veux pas ! On lui a mis des tuyaux partout !

Puis, ils sont arrivés sur un petit talus. Le mono est déjà sorti de la voiture.

LE MONITEUR : Vous voulez que j'aille le chercher ? Ils sont en contrebas…

NORA, *elle reste assise* : Non, je vais le faire… Vous auriez une cigarette ?

« Bien sûr. » Le moniteur lui file une cigarette et du feu…
Puis, ils sont sortis de la voiture. Ils se tiennent devant un petit ravin. En bas, une rivière. Là, Elias pêche, avec d'autres enfants de la colo. Un enfant tous les deux mètres…
Nora, en surplomb, regarde son fils. Ils descendent la pente…
Maintenant, ils ont rejoint Elias. Nora a ôté ses lunettes. Elias pose sa canne à pêche.

LE MONITEUR : Je vais vous laisser ; je crois que vous avez beaucoup de choses à vous dire.

Nous voyons Nora qui parle avec douceur à son fils. Le bruit de la rivière couvrira presque leurs paroles. On verra Elias poser une question sur son grand-père.

NORA : Je ne sais pas comment te parler.

ELIAS, *presque en colère* : Pourquoi tu es venue ici ?

NORA : C'est à cause de ton grand-père… J'ai été à l'hôpital hier et aussi ce matin. Il a une maladie très grave.

ELIAS : Il est mort ?

NORA : Non, pas encore.

ELIAS : Il va mourir ?

NORA : Oui… Mon chéri, viens. On va rentrer à Paris.

ELIAS : Non. Je m'en fous ! J'en ai rien à foutre ! Ça va-iva, ça-va-ouva-ça va-iva…

Nora ne sait pas quoi répondre.
L'enfant lui tourne le dos et s'enfuit. Elias soliloque en faisant des gestes.
Nora le suit à peine, intimidée. Elle n'ose pas le rejoindre…

44. Int. voiture, vers l'aéroport – Fin de jour

Nora fonce dans sa **voiture de luxe**. Elle passe un coup de fil « main libre » à Claude…

CLAUDE, *au téléphone, précipité* : Nora ? ! Je vous ai réservé deux billets pour Paris. Les numéros c'est 25-223 et 25-224 (two. five. two. two. three, etc.). Il faut que vous alliez au guichet d'Air France, it's a very tiny airport. Les hôtesses sont prévenues.

NORA, *off* : À quelle heure est l'avion ?

Note : Nous découvrirons Claude au téléphone dans son bureau, à Paris. Puis Jean-Jacques, dans le sien.

Puis… Pendant que le coup de fil continue, on aura vu Nora sortir de la voiture, décrocher son téléphone et se précipiter dans le petit **aéroport** de Grenoble.

CLAUDE : Shit, je n'ai pas les horaires sous les yeux… Mais c'est dans très peu de temps…

NORA, *paniquée* : Trouvez-moi les horaires, Claude !

CLAUDE : Je cherche, je suis désolé… Vous n'avez pas de bagages à enregistrer ?

NORA : Non.

CLAUDE : Je pense que vous avez encore le temps… Mais il faut que vous vous dépêchiez parce que c'est le dernier vol.

Nora a couru dans l'**aérogare** quasi désert. Elle s'est précipitée vers le guichet d'Air France. L'hôtesse, désolée, l'informe que l'avion est parti.

CLAUDE : Vous l'avez raté ? Il faut que vous retourniez à Grenoble. Je pense qu'il y a des trains plus tard…

NORA : Oui, mais l'aéroport est très loin de Grenoble !

44. Suite int. voiture, vers la gare – Fin de jour

Puis, dans la **voiture à nouveau**, en ville, fonçant vers la gare de Grenoble. Le soir tombe.
À Paris, Claude cherche les horaires sur son ordinateur.

CLAUDE, *toujours au téléphone* : Attendez une seconde, je cherche… Nora ? Ça y est, j'ai les horaires de trains sur mon écran. Je vous lis : il y a un départ à dix-neuf heures trente, gare de Grenoble…

NORA : C'est trop tard.

CLAUDE, *il continue…* : Vingt et une heures cinq, le dernier Grenoble-Paris. C'est dans dix minutes.

NORA, *elle pleure* : Je n'y serai jamais ! J'ai perdu une heure avec votre aéroport.

CLAUDE, *inquiet* : Nora, ne conduisez pas trop vite, ça ne sert à rien.

NORA : Est-ce que vous avez trouvé le numéro d'Ismaël ?

CLAUDE, *in* : Non, pas encore.

On aura découvert enfin, sur les sièges arrière, Elias qui ne dit rien.
Puis la voiture de Nora, abandonnée sur le trottoir devant la gare.
Nora, courant vers **la gare**, suivie d'Elias. Ils ratent le train…
Nora et Elias, dans la gare quasi déserte…
Mais déjà on entend le troisième coup de fil à Claude.

CLAUDE, *au téléphone* : Vous ne voulez pas dormir sur place ?

44. Suite int. voiture, vers Paris – Nuit

Maintenant… Nous sommes à nouveau dans la **voiture sur l'autoroute**. Il fait nuit.
Le téléphone main libre est à nouveau branché. Nora pleure, elle crie…

NORA : Non. Je dois rentrer à Paris ce soir même. Vous ne vous rendez pas compte !

CLAUDE : Mais je peux vous réserver une chambre d'hôtel ! J'ai un guide de Grenoble sous les yeux. Il y avait un endroit très bien près de la gare. Comme ça, vous prenez un avion demain à la première heure.

NORA : Non. Je vais rentrer cette nuit en voiture. Mais il faut que je sois à Grenoble demain soir pour mon père. Vous devez me réserver un billet Paris-Grenoble.

CLAUDE : Bien sûr, demain, nous vous réservons tous les billets nécessaires… Mais je pense que vous devriez trouver un hôtel.

44. Suite vers Paris – Nuit

Puis… Suite de la conversation : maintenant, Nora a pris le portable avec elle.
Sur les répliques suivantes, on verra Nora dans le **magasin de la station.**
Lumière blanche des néons. Elle achète des sandwichs, des chips, du Coca…

NORA, *à Claude* : Fermez votre gueule, Claude… Est-ce que vous avez réussi à joindre Ismaël ?

CLAUDE, *off au téléphone* : Non, j'ai appelé les deux numéros que vous m'aviez laissés. Il semble qu'il soit hospitalisé mais je ne sais pas où. Ils n'ont pas voulu me le dire.

NORA : Passez-moi mon mari…

44. Suite vers Paris : Jean-Jacques – Nuit

Puis… La voiture est arrêtée sur le **parking d'une station d'autoroute**. Nora est dehors, elle téléphone toujours. Dans la voiture, Elias dort à poings fermés sur le siège arrière…
Jean-Jacques semble perdu dans sa **maison parisienne**, immense, moderne, trop vide.

NORA, *on lui passe Jean-Jacques…* : Allô, ce salaud d'Ismaël a disparu. Il s'est encore défilé !

JEAN-JACQUES, *au téléphone* : Ne t'inquiète pas pour ça. Je vais le retrouver… Tu n'es pas trop fatiguée ? Sois prudente…

NORA, *elle n'a plus la force d'être polie…* : Tu sais, son grand-père était tout pour lui.

JEAN-JACQUES : J'ai trouvé une nurse, qui est très bien. Elle va dormir ici, à partir de demain. Et elle s'occupera d'Elias. Je peux les emmener à la mer, en Bretagne. Tu nous rejoindrais là-bas.

NORA : … Il ne t'aime pas ! Il n'a plus un homme auprès de lui. Il faut que je retrouve ce salaud d'Ismaël…

JEAN-JACQUES : C'est une question de quelques heures. Je te promets.

NORA : … Je suis seule, tu ne sais pas ce que c'est d'avoir eu un enfant toute seule, de l'avoir élevé toute seule… *Puis :* Je ne veux pas que mon père meure à l'hôpital.

JEAN-JACQUES : Je ne le laisserai pas mourir à l'hôpital.

45. Hôpital psychiatrique – Nuit

Le soir, Ismaël traîne devant le **bureau des infirmières**, vautré sur une table. Il drague la charmante infirmière de garde, VICTORINE MEURENT…

ISMAËL : C'est la meilleure heure, on a la paix. C'est intime…

VICTORINE, *elle rigole* : Vous devriez aller vous coucher. Il est deux heures du matin.

ISMAËL : J'ai pas sommeil, moi.

VICTORINE : Mais vous avez pris vos médicaments ?

ISMAËL : Oh oui. Ça me fait rien. C'est des trucs de gonzesse.

L'infirmière rigole encore : « Quelle santé ! »

ISMAËL, *faisant du charme* : Il y a eu des nouveaux arrivages ? Des filles ?

VICTORINE : Je n'ai pas le droit de vous le dire, c'est confidentiel…

ISMAËL, *penché sur la tablette, il a attrapé le registre des arrivées* : Allez !…

VICTORINE, *complice* : Il y a la Chinoise.

ISMAËL : C'est qui ?

VICTORINE : C'est la Chinoise.

ISMAËL : Oui, mais c'est qui ? !

VICTORINE : Oh, une habituée. C'est l'ambulance qui l'a amenée ce soir.

ISMAËL : Elle est jolie ?

VICTORINE, *un peu jalouse ; ou pas du tout* : Pas mal.
ISMAËL : Je vais voir…

---

44. Fin vers Paris : parking d'autoroute – Nuit

Enfin, on verra Nora sur le **parking**, sa voiture à l'arrêt.
Elle réveille Elias et lui donne à manger. Puis l'enfant commence à manger, encore tout ensommeillé. Nora boit son café, debout devant la voiture.
Nora sourit à Elias, arrive à jouer l'insouciance.

NORA : Tu es fatigué ?
ELIAS : Non, pas du tout.
NORA : Tu dormais comme un petit chat ! Je t'ai pas fait peur tout à l'heure quand j'ai crié dans la voiture ?
ELIAS : Non, je n'ai pas eu peur.
NORA : Je m'excuse.
ELIAS : On est déjà arrivés à Paris ?
NORA : Pas encore, mais bientôt. Ne mange pas tous les chocolats avant ta salade !
ELIAS : Mais j'adore.
NORA : C'est nul comme repas pour un petit garçon, je suis une mauvaise mère.
ELIAS : Oh non !

---

46. Entrée des urgences – hôpital psychiatrique – Nuit

On découvre une jeune femme de dos ; elle est assise sur les marches du perron de l'hôpital ; elle fume une clope et regarde vers le parc.

Ismaël vient s'asseoir à côté d'elle. La nouvelle arrivante est une très jeune femme, Arielle Phénix. Deux larges pansements entourent ses poignets.

La pro de l'hôpital : « Vous êtes la chambre 212 ?...

– Ouais... Je peux vous prendre une cigarette ? » Elle marmonne un oui.

Ismaël s'assied à côté d'elle. Après qu'elle lui a tendu du feu :

ISMAËL : ... Vos bras. Vous vous êtes coupé les veines ?

LA CHINOISE : Ouais ; ça fait un peu conne, hein ?

ISMAËL : Ben non, c'est triste. Vous êtes jeune.

LA CHINOISE, *fièrement* : C'est ma cinquième TS. Mais c'est pas des vrais suicides ; c'est des appels au secours. *Elle prononce en articulant :* « Au secours ! » *mais sans voix.*

ISMAËL, *il sourit* : Et alors ? Il y a quelqu'un qui vient ?

LA CHINOISE, *elle fait la moue* : Mm... Pas trop, en fait. Mes parents, le Samu...

ISMAËL : Ah.

LA CHINOISE : Et vous ? Vous êtes fou ?

ISMAËL, *offusqué* : Ah non, moi, c'est une erreur judiciaire.

La Chinoise sort des petites flasques cachées dans ses chaussettes et boit un coup. « Vous en voulez ? » Ismaël accepte et boit une rasade.

LA CHINOISE, *elle lui fait un clin d'œil* : Ils ont oublié de me fouiller.

ISMAËL, *ses yeux lui piquent à cause de l'alcool* : Vous ne m'avez pas l'air très folle. Et j'y connais un rayon… Vous m'avez l'air soucieuse.

LA CHINOISE : Ça ne s'est pas trop bien passé l'entretien d'admission avec le psychiatre. J'étais idiote. Je ne suis pas contente de mes réponses…

ISMAËL : Si ça peut vous rassurer, moi non plus, ça ne s'est pas trop bien passé l'entretien.

LA CHINOISE : Je suis quand même contente parce que je vais rater une semaine de cours.

ISMAËL : Bien ! Qu'est-ce que vous étudiez ?

LA CHINOISE : La sinologie… J'apprends le chinois.

ISMAËL : Ah. Et ça marche ?

LA CHINOISE : Oh non. Je rate tous mes examens consciencieusement.

ISMAËL, *scandalisé* : Et ils en pensent quoi vos parents ?

LA CHINOISE, *d'une traite, très vite* : Mes parents sont des gens horribles. Ils habitent en province. Je vis à leurs crochets, ils m'ont loué une chambre de bonne. Je suis la prunelle de leurs yeux, je suis tout leur espoir et je fais tout pour les décevoir… Et vous, vous faites quoi dans la vie ?

ISMAËL : Je suis altiste.

LA CHINOISE, *emballée* : Oh ! Dans un orchestre ?

ISMAËL : Mm non, je n'ai pas trop l'esprit de groupe.

LA CHINOISE : Ah bon. Et c'est bien, l'alto ?

ISMAËL : Ah oui, c'est varié.

LA CHINOISE : Faites voir vos mains... *Il montre ses mains.* Vous n'avez pas des mains de violoniste.

ISMAËL, *il regarde ses mains avec satisfaction* : Non. J'ai les mains de mon père.

Plus tard, à l'intérieur. Sur une petite radio, du R'n'B.

LA CHINOISE : Vous voulez pas qu'on se tutoie ?

ISMAËL, *un peu emmerdé, hésitant* : Ben pas trop... Je suis désolé, mais on commence par se tutoyer, et puis après, dans un quart d'heure, vous allez me tirer par la bite. Du coup, moi, je vais me sentir obligé ; après on va coucher ensemble, tout ça. Et je n'ai pas vraiment la force en ce moment d'avoir une histoire avec une femme. Surtout de votre âge.

LA CHINOISE : Bon, on se vouvoie alors.

ISMAËL : Ben, c'est mieux...

Ils se séparent.

Note 1 : « Ah, ils prennent des dépressifs ici ? Je croyais qu'ils ne prenaient que des dingues./ Vous êtes quoi, vous ?/Ah non, moi, c'est une erreur judiciaire... »

---

47. Hôpital psychiatrique – Matin

Nora arrive à l'hôpital psychiatrique. La psychiatre Vasset l'attend sur le perron.

Dr Vasset : « Vous êtes Mme Cotterelle ? Bienvenue. »
Le docteur prend Nora par la main.
Nous voyons, en une suite de plans larges, Mlle Vasset, la conduire à travers les **couloirs** de l'hôpital.
En **chemin** :

Dr VASSET : Ça fait longtemps que vous connaissez Ismaël ?...

NORA : Oui.

Dr VASSET : Et c'est quel genre d'homme ?

NORA, *très douce* : Oh. Si j'avais eu un frère, j'aurais voulu qu'il soit comme lui.

Elles arrivent à la **salle de télévision**. Des chaises en rotin, une belle verrière qui donne sur le parc...

Dr VASSET : C'est ici. On va vous amener Ismaël.

NORA : Je peux vous demander où sont les toilettes ?

Dr VASSET : Bien sûr...

Nous retrouverons Nora seule dans les **toilettes de l'hôpital**.
Elle chasse la fatigue, enlève un foulard qui lui couvrait les cheveux.
De part et d'autre de la pièce toute blanche, deux grands miroirs se font face. Nora est reflétée à l'infini...
Elle se maquille avec soin devant un miroir. Se redresse. Puis part pour son ultime combat.

48. Hôpital psychiatrique – Matin

Maintenant, Nora est assise dans le patio. Elle attend.
Ismaël arrive, conduit par un infirmier qui les laisse tous deux…

ISMAËL, *furieux, il ne comprend rien* : Qu'est-ce que tu es venue foutre ici ?

NORA, *avec douceur* : Je suis venue à cause d'Elias…

Un quart d'heure plus tard, même lieu ; les deux sont assis face à face. Ismaël se tient la tête entre les mains. Nora vient de lui demander d'adopter Elias…

ISMAËL, *il secoue la tête*… : Non. Non… Je ne comprends pas pourquoi tu ne demandes pas à ton nouveau mari ? Pourquoi à moi ?

NORA : Elias t'aime énormément.

ISMAËL : Ben, si tu veux, on vient de divorcer là, t'en épouses un autre dans deux semaines, ton gangster ! et moi, je suis enfermé comme dingue, je n'ai pas le droit de sortir ni de tirer un chèque ! Je ne comprends pas : tu me lourdes, et tu viens demander à ton ex-amant d'adopter ton fils. On divorce là, c'est clair ?

NORA : On ne divorce pas, on n'a jamais été mariés.

ISMAËL : Oui, ça va, c'est pareil. Ne sois pas scabreuse.

NORA : Si maintenant je mourais, il n'aura plus aucune famille.

ISMAËL, *il réfléchit* : Il aurait toujours sa tante, non ?… Et puis il ne t'arrivera rien, tu as l'air très bien.

NORA : Tu as été son père de deux ans à huit ans. Il parle tout le temps de toi… C'est toi qui l'as couché tous les soirs pendant six ans. C'est avec toi qu'il a appris à parler et à écrire. À faire des blagues.

Un temps, elle sourit. C'est idiot, mais tu connais beaucoup d'enfants qui disent : « Maman, je vais préparer mes impedimenta » ?…

Tu ne lui téléphones jamais…

ISMAËL, *il fait la grimace* : Je n'aime pas téléphoner. C'est chiant d'appeler des enfants, j'aime pas ça…

NORA : Je voudrais que tu sois son père. C'est juste un papier à signer.

ISMAËL : C'est absurde. Fallait me demander ça il y a un an… En plus, là, ça tombe mal, parce que je suis enfermé ici. Il faudrait que je demande à mon avocat de toute façon ; je crois que je n'ai rien le droit de signer…

48 *bis*. Jardin magique – Jour sombre

Une image mystérieuse du passé… Comment deux ans auparavant, Ismaël et un homme mystérieux, du même âge, au visage tragique jouaient avec Elias. C'est SIMON. Nous ne savons pas qui il est.

Ismaël et Simon aident Elias à escalader un arbre sous la pluie… Les deux hommes et l'enfant semblent soudés d'amour tous trois.

49. Jardin de l'hôpital psychiatrique – Après-midi

Plus tard, un plan large : Ismaël et Nora marchent côte à côte à travers le **grand parc.**
Pendant le pano, on découvrira deux infirmiers qui fument une cigarette sur la terrasse, et quelques dingues.

NORA : Il l'appelle systématiquement monsieur. Quand Jean-Jacques lui offre des cadeaux, il prend soin de ne pas jouer avec. Jean-Jacques est très patient, très responsable aussi. Très différent de toi.

ISMAËL, *maintenant ils se sont arrêtés sous un arbre* : Et… vous vous entendez bien au lit ?

NORA : Oh, il n'est pas très porté sur la question. J'ai la paix de ce côté-là. Le soir, il fume un peu.

ISMAËL : Il fume ? !

NORA : Du shit.

ISMAËL, *apitoyé* : Ah !

NORA : Et il reste allongé. Voilà. Le week-end, il prend un rail d'héro. Des fois, je l'accompagne. Oh, on a déjà baisé, bien sûr. Et on baise encore parfois. Mais ce n'est pas central.

ISMAËL : Tu dis « baiser » maintenant ?

NORA : Quoi ?

ISMAËL : Oui, « on baise parfois », « baiser », tu n'utilisais jamais ce mot quand tu étais avec moi. C'est lui qui parle comme ça ?

NORA : Écoute, je n'ai plus quatorze ans. Je trouve tes périphrases puériles.

ISMAËL : Quelles périphrases ?

NORA : « Dormir », « partir », toutes ces conneries. Maintenant, je dis « baiser ».

ISMAËL : Ah… Et alors, quand vous baisez… ?

NORA : Il jouit assez vite. Moi aussi, d'ailleurs. C'est très différent d'avec toi. C'est plus simple.

50. Hôpital psychiatrique – Fin d'après-midi

Ismaël accompagne Nora sur le parking. Soleil rouge de fin de journée.

NORA, *avant de partir, elle regarde l'hôpital enchanté* : Eh bien, j'imagine que tu dois te trouver des petites gourdes dépressives pour amuser ton séjour ici.

ISMAËL : Mais certainement !… Qu'est-ce que tu veux de moi ?

NORA, *elle rit* : Je voudrais… que tu restes enfermé ici toute ta vie, qu'on ne te laisse plus jamais sortir, et que tu payes pour tous tes péchés !

Ismaël la salue, charmé. Nora se dirige vers la voiture. Elle se retourne une dernière fois.

NORA, *un désespoir doux* : Tu sais très bien que si j'étais restée, tu te serais lassé de moi au bout de deux ans, maximum. J'avais trente-trois ans ; c'est jeune pour un homme, mais je suis déjà une veille femme.

Elle s'éloigne dans sa berline de location sous le regard d'Ismaël, en amorce.

Arielle est entrée dans le cadre ; elle n'a pas pu entendre la dernière phrase.

LA CHINOISE, *elle regarde la voiture qui s'éloigne* : Putain, elle a de la chance.

ISMAËL, *surpris* : Quoi ?

LA CHINOISE : Qu'est-ce qu'elle est belle…

ISMAËL : Oui.

LA CHINOISE : Ça veut dire que vous l'aimez encore.

ISMAËL, *il réfléchit* : Ben non, je ne crois pas.

LA CHINOISE : Ça me fait de la peine : je ne serai jamais une femme comme ça…

Note 1 : Pour conclure la scène avec Arielle :
« … Remarquez, elle a l'air assez con… »
La Chinoise voit Nora comme la femme qui lui « empêche » Ismaël…

51. Int. avion – Soir

Nora, dans un petit avion luxueux Paris/Grenoble, assise seule.
Elle sort de son sac un petit écrin, l'ouvre. Dedans, une bague en diamant.
Nora songe…

52. Flash-back, ext. tarmac – Soir

Quelques heures auparavant, Jean-Jacques et Nora attendaient l'avion.
À l'aéroport, **sur le tarmac :**

JEAN-JACQUES, *il est soucieux* : Tu es sûre que tu ne veux pas que je t'accompagne ? Je repartirais demain vers midi…

NORA : Non, je préfère m'installer seule. Sinon, ce sera plus dur après.

Jean-Jacques sort une boîte de sa poche et la tend timidement à Nora.

JEAN-JACQUES : Je sais que le moment est mal choisi, mais…

Nora ouvre la boîte, c'est la bague avec ses diamants.

NORA : Elle est belle !

JEAN-JACQUES : C'est pour le mariage. Je comptais te l'offrir à ton retour de Grenoble… Tu veux que nous repoussions les dates ?

NORA : Non, les bans sont déjà publiés.

JEAN-JACQUES : D'accord, mon amour…

51. suite. Int. avion – Soir

Par la fenêtre de l'avion, Nora découvre les montagnes menaçantes de Grenoble. Le jour n'en finit pas de s'éteindre. L'ombre bleue s'étend.
Sur l'écran s'inscrit :

« IIe partie : LIBÉRATIONS TERRIBLES »

53. Hall d'immeuble – Soir

Nous sommes dans le hall d'entrée d'un immeuble. Nora attend.
Par la porte-fenêtre, les montagnes de Grenoble.
Par la porte, nous voyons une ambulance se garer devant le seuil.
Une infirmière en costume, d'une cinquantaine d'années, en sort ; bientôt suivie de Louis Jenssens, porté sur un brancard.
L'infirmière a rejoint Nora avec un grand sourire. Elle parle d'une voix claire et joyeuse.

L'INFIRMIÈRE : Madame Nora ? Bonjour, je suis Mme Seyvos./Bonsoir./C'est moi qui vais m'occuper de votre père…

Le brancard s'approche. À la vue de son père souffrant, Nora s'évanouit.
Tout de suite, elle se relève et se dégage, chancelante, des infirmiers…
« Non, ça va aller… Merci. »

---

54. Hôpital psychiatrique – Nuit

1. C'est la nuit. Nous retrouvons la Chinoise et Ismaël devant le **grand parc**. Une statue de Diane. Il fait doux. Arielle est en train de tirer sur un minuscule joint dans le silence : le hasch ne semble pas intéresser Ismaël… « Ça ne me fait rien du tout. »
Ils se serrent la main, en code street-wise…

2. Ils écoutent une petite radio qui passe une petite chanson de jazz, un vieil enregistrement de Rose Muphy.

Arielle a les yeux mi-clos ; elle mime la chanson, les deux index dressés des deux côtés de la tête…
« Ah, je le fais bien ! Je le fais trop bien !… »

3. Soudain, elle : « Y, er, san, si, wu, liu, qi, ba, jiu, shi…/ Et ça veut dire quoi ? !/Oh rien. J'ai juste compté de 1 à 10./Ah bon… »

---

55. Appartement du père – Soir

Nora traverse le couloir encore encombré d'appareils médicaux. Peut-être qu'on entraperçoit les infirmiers qui installent les appareils…
Quand Nora arrive dans la bibliothèque, un homme se tient de dos. Il est en train de regarder la gravure de Léda, qu'il a posée sur un rayonnage.
L'homme se retourne. Il est rond, malicieux, même âge que le père ?

NORA : Bonjour.

VIRAG : Bonjour. Vous ne vous souvenez pas de moi ? Virag. Léopold. Je suis l'éditeur de votre papa.

NORA : Oui, excusez-moi.

VIRAG : Louis vient d'arriver ?

NORA : Oui. Il n'est pas en état de recevoir de visite. Il est très fatigué.

VIRAG, *pas troublé pour un sou* : Je vais juste lui dire deux mots. *Il indique la gravure* : C'est très joli ; je regardais en vous attendant. Ça ferait une belle couverture pour un livre.

NORA : Je lui avais amenée de Paris.

VIRAG, *un temps... il se dirige vers le canapé où il ramasse un dossier* : J'ai apporté les premières épreuves de notre prochain livre. C'est merveilleux. C'est un écrivain merveilleux. Il faudra qu'il le finisse.

NORA : Oui. C'est un roman ?

VIRAG : Ah non ! C'est toujours une sorte de journal. Le troisième volume... *Il regarde sur le bureau avec familiarité.* Vous savez où il range ses cahiers ?

NORA, *choquée* : Je ne peux pas fouiller dans ses affaires. Pour ma sœur et moi, son bureau était sacré.

VIRAG : Bien sûr...

NORA : Vous savez, il est mourant.

VIRAG : Oui, je sais. Mais il voudra finir son année 2001. Vous lui remettrez tout ça quand il sera reposé. *Il voit la détresse de Nora et vient l'embrasser. Puis il lui relève les fossettes, pour lui dessiner un sourire* : Allez, vaillance, mademoiselle... Je vais le saluer.

Virag a remis les épreuves à Nora. Quand il sort de la pièce, Nora s'assied sur une chaise posée là, le dossier sur ses genoux.
Elle ouvre et découvre les épreuves de son père. Sur la page de garde, le titre : *Cavalier seul.*

---

56. Hôpital psychiatrique – Nuit

Arielle et Ismaël toujours dans le parc, ils s'ennuient.
Puis, soudain...

ARIELLE : Tous les hommes ont toujours profité de moi, parce que je ne demande rien en échange. J'ai décidé aujourd'hui que c'était terminé.

ISMAËL : C'est bien, c'est des bonnes résolutions.

Ismaël trouve que l'hospitalisation est une bonne chose pour Arielle.
Il continue de penser que lui n'est pas malade mais victime des médecins…

ARIELLE : Les suicides, l'anorexie, tout ça, c'est fini. Maintenant je ne vais plus me laisser faire…
Un temps, elle jette un coup d'œil à Ismaël. Bon ben, si vous voulez coucher avec moi, je veux une boîte de médicaments.

ISMAËL : Quoi ?

ARIELLE : On n'a rien ici. Le Tercian, c'est sinistre. Le lithium, ça me fait rien du tout, c'est bidon… Avant j'aimais bien le Motival, mais c'est interdit…

Elle aime bien picoler avec des anxiolytiques…
« Sinon, j'aime bien le vin aussi, avec du Prazépam ou du Ritrovil. Ou bien du Bailey's, vous savez, avec de la bière brune un peu amère pour désaltérer, et du Nordazepam. C'est tout doux. »
Ismaël est épaté par ses connaissances médicales.
Hilare : « Si jamais ça ne marche pas trop le chinois, vous pourrez toujours faire pharmacie ! »

57. Vol à la pharmacie – Nuit

Un plan : un infirmier somnole sur une chaise dans un **couloir** devant l'entrée du vestiaire aux clefs. Ismaël entre dans le champ, en silence ; se dirige résolument et sans bruit vers le tableau des clefs et choisit la bonne du premier coup. La clé Unica scintille... Ismaël la saisit...

Plus tard... Ismaël entre sur la pointe des pieds dans la **salle commune** déserte où se cachait la Chinoise. Elle le regarde, sourcils levés, a-t-il réussi ?

« Mademoiselle... » Il secoue une boîte de cachets contre son oreille avec un air coquin...

---

58. Chambre du père – Une nuit n'en finit pas de tomber...

Nora entre dans la chambre. Les machines impressionnantes sont maintenant installées. On a allongé Louis sur un lit médical, il est toujours intubé.

Mme Seyvos accueille Nora, toujours avec son bon sourire.

L'INFIRMIÈRE SEYVOS : C'est votre fils ou votre neveu ?

NORA : C'est mon fils.

L'INFIRMIÈRE SEYVOS : Votre papa m'a demandé de mettre sa photo à son chevet. Il est joli !

Sur la table de chevet est posée une photo d'Elias que l'infirmière vient de décrocher du mur.

Nora s'est assise au chevet de Louis. Elle mentionne la visite de Virag.

NORA : Tu te souviens que Virag est passé ?… Il a dit que tu voudrais corriger ton Journal…

L'infirmière vient à la tête du lit.

L'INFIRMIÈRE SEYVOS : Je sais : l'intubation est douloureuse, ça fait mal au larynx… *Le père opine.* Maintenant vous respirez mieux. Dès la visite du médecin, je vais vous extuber. Tout à l'heure…

Sur cette note heureuse, Nora prend la main de son père, mais Louis commence à serrer. Nora lui demande d'arrêter.

NORA : Papa, lâche-moi… Tu me fais mal.

Elle se tourne vers Mme Seyvos, puis vers son père à nouveau qui la serre toujours, d'abord avec effroi puis avec haine.
Nora commence à paniquer.

NORA : Arrête… *À l'infirmière* : Il me fait mal.

L'infirmière vient dénouer la main de Nora. « Arrêtez monsieur… »

---

59. Autres couloirs d'hôpital – Nuit

Dans l'escalier, la Chinoise et Ismaël montent vers les chambres. Sur le palier, devant deux mentions fléchées « HOMME – DAME » qui indiquent deux couloirs qui se font face, ils s'arrêtent.

« Bonsoir/Bonsoir. »
Arielle demande : « Qui est-ce qui va où ? »
Elle voudrait bien l'accompagner.
Ismaël le devine et décline : « Ah non, je suis désolé. Là, les filles, il faut que je lève un peu le pied. »
Ismaël s'est dirigé vers le couloir garçon. Il s'arrête et se retourne vers la Chinoise qui se tient encore sur le palier, dans la zone neutre…

ARIELLE : C'est parce que je suis trop maigre ?
ISMAËL : Quoi ? !
ARIELLE : Je ne vous intéresse pas sexuellement parce que je suis trop maigre, les seins, les fesses… Vous préférez les grosses, normal.
ISMAËL : Mais vous êtes très bien.
ARIELLE : Vous préférez les un peu grosses.
ISMAËL, *il confesse* : Oui.

Ils partent tous les deux dans leurs deux couloirs opposés. Au moment de disparaître chacun dans sa chambre, à quinze mètres de distance, ils se font un petit signe de la main.
La Chinoise se dit qu'Ismaël est maintenant amoureux d'elle.
Les portes se referment…

---

60. Appartement du père – Nuit

Dans la chambre de Louis, Nora découvre Mme Seyvos endormie dans un fauteuil. Le lit de Louis est vide…
« Louis ? ! Louis ?… »

Quand Nora arrive dans le bureau, elle découvre son père sur une chaise roulante, assis au bureau. Le père est extubé. À son bras, une perfusion et un goutte-à-goutte. Il écrit avec fureur : elle voit cette image terrifiante du père qui écrit furieusement son journal.

NORA : Louis ? Tu t'es levé tout seul ?...

Louis pompe nerveusement sur la pompe à morphine qu'il a réussi à monter tout seul sur sa chaise. Et il continue à écrire.
Nora est calme, et rassurante.

LOUIS : Tu n'arrives pas à dormir ?
NORA : Non. Tu finis ton livre ?
LOUIS : Je corrige...
NORA : Tu devrais te reposer.

Que se disent-ils encore ?

LOUIS : Il faut que j'envoie un mandat à ta sœur.
NORA : Oui, je sais, j'ai eu Chloé au téléphone. Elle va venir.
LOUIS : Elias est à Paris ?...
NORA : Oui... J'ai demandé à Ismaël de l'adopter.
LOUIS : ... C'est moi qui t'ai appris à ne pas montrer tes sentiments.
NORA, *comme une amoureuse* : Oui !
LOUIS : ... J'ai peur d'avoir mal.

Louis ferme les yeux. Ce moment est doux et terrifiant. L'infirmière dort dans l'autre pièce, et Nora se sent seule.
Nora lui promet. : « Tu vas guérir/Mm ! »

Comme la caméra s'approche de la main de Louis corrigeant son texte, une photo de Chloé sur le bureau, la musique monte, et le passé surgit…

61. Flash-back : un bar à Grenoble – Nuit

Dix ans auparavant…
Dans un bar de Grenoble, des jeunes étudiants chahutent à une tablée.
Nous sommes à l'extérieur du bar. On entend la musique étouffée et le brouhaha des clients. Nous distinguons Pierre qui semble le centre radieux de cette soirée.
Nora, à vingt ans, est en retrait ; elle semble timide. Elle n'arrive pas à partager la joie des étudiants.

PIERRE, *qui déclame* :

En ces temps-là j'étais en mon adolescence
J'avais à peine seize ans et je ne me souvenais déjà plus de mon enfance
J'étais à seize mille lieues du lieu de ma naissance
J'étais à Moscou, dans la ville des mille et trois clochers et des sept gares
Et je n'avais pas assez des mille et trois clochers et des sept gares
Car mon adolescence était si ardente et si folle
Que mon cœur, tour à tour, brûlait comme le temple d'Éphèse, ou comme la place Rouge de Moscou
Quand le soleil se couche
Et mes yeux éclairaient des voies anciennes
Et j'étais déjà si mauvais poète
Que je ne savais pas aller jusqu'au bout.

Nora n'est pas jalouse des autres filles ; elle en veut à Pierre d'être si insouciant. Nora s'est levée. Sans l'entendre vraiment, on la voit parler à Pierre derrière la vitrine du bar…

PIERRE : Où tu vas ?
NORA : Je monte me coucher.
PIERRE : Tu ne veux pas rester ?
NORA : Tu te souviens que j'existe ? Tu as honte de moi ?
PIERRE : Non, je sais que tu es là.
NORA : Je vais dormir.
PIERRE : D'accord.
NORA : Tu es un salaud.
PIERRE : D'accord. Dors bien, à toute…

Nora s'en va blessée…

62. Flash-back. Couloir et chambre de bonne – Nuit

Plus tard, Pierre vient de rentrer. Il est sur le palier, devant la porte close d'une chambre de bonne.
Il a laissé ses clefs à l'intérieur et Nora a condamné la porte…

Cette scène sera filmée sur un fond noir en studio, sur une scène ? Quelques accessoires indiqueront : la porte, un mur, la fenêtre, la couche, le bureau…
Puis nous filmerons à nouveau la scène en décors naturels.
La scène montée sera ainsi un aller-retour entre ces deux dispositifs.

À l'intérieur de la chambre, Nora, dans une belle robe de chambre blanche, l'air tendu…

NORA : Je ne veux pas t'ouvrir. Tu n'avais qu'à prendre tes clefs...

PIERRE : Il est quatre heures du matin, Nora.

NORA : Tu m'abandonnes pour tes amis, tu es complètement irresponsable. Tu n'es pas un homme. Tu es un enfant narcissique.

PIERRE : Oui, je suis un enfant. Toi aussi, tu es une enfant. Tu es en colère. Depuis des mois, tu es en colère. Alors, ouvre-moi la porte. Je m'excuse de rentrer si tard.

NORA : Je suis enceinte, tu n'avais pas le droit de me laisser.

PIERRE : C'est absurde... Ouvre, sinon je vais défoncer la porte.

NORA : Je te l'interdis.

PIERRE : Alors ouvre-moi... Écoute, je vais passer par la fenêtre. Je vois que la fenêtre de la chambre est ouverte. C'est idiot, mais si tu n'ouvres pas, je vais enjamber le balcon. D'accord ?

NORA : Mais tu vas tomber !...

PIERRE : J'y vais.

NORA : Non, je te l'interdis !

Elle se précipite vers la porte.
Le fracas d'une vitre qu'on brise.
Nora était pleine de colère, mais une colère d'enfant, presque joyeuse. Maintenant, elle commence à avoir peur...

63. Flash-back. Chambre de bonne – Nuit

Une heure plus tard. Dans l'appartement. Mobilier très simple, d'étudiant : un matelas par terre, des chaises pliantes, etc.
Nora s'approche du matelas posé sur le sol. Pierre s'est endormi, roulé dans un drap. Il est couché tout habillé, avec ses habits de tout à l'heure. Il a la tête enfouie dans le matelas.
Nora s'est agenouillée. Caresse-t-elle le visage de Pierre ? Puis elle sourit, se penche, malicieuse, et murmure dans l'oreille de Pierre :

NORA : Tu es en enfer, Pierre. Je suis un cauchemar ; tu es crevé et tu es en enfer… Je suis ton cauchemar…

Pierre se recule d'un bond.

NORA, *toujours en souriant* : C'est ça que tu penses…
PIERRE : Mais tu es une dingue ! Dégage !

Elle se moque : « Tu rêvais de quoi ?… »
Pierre est maintenant face caméra, Nora en amorce. Crie-t-il ? Il a l'air désespéré et hors de lui. Il agit follement…

PIERRE, *sanglote-t-il, crie-t-il ?* Arrête de me torturer !… Mais c'est une bonne nouvelle que tu sois enceinte, putain ! C'est pas une maladie. Tu es enceinte de deux mois, tu n'es pas malade. Tu attends un enfant, voilà, c'est tout ! Qu'est-ce que tu veux que je fasse ? Je bosse quatorze heures par jour, je m'occupe de tout. Tu me fais chier toutes les nuits, à me réveiller en me susurrant tes horreurs ! À verser ton poison dans mes oreilles…

Il est tombé, assis sur le sol. Nora l'embrasse… Putain ! On ne se connaissait pas il y a six mois ; tu étais tellement belle. On a couché ensemble et tu es tombée enceinte. C'est bien, tant mieux, on fait comme tu veux. Mais fous-moi la paix !

NORA : Tu vas réveiller les voisins.

PIERRE : Mais je m'en fous des voisins !

NORA : Tu te répands, c'est dégueulasse. Je ne veux pas être ton alèse.

PIERRE, *il pleure* : Tais-toi. Tu es une dingue. Je ne t'en veux pas parce que tu es dingue.

Il s'est relevé. Il fuit dans l'autre pièce, Nora le suit.

NORA : Tu n'assumes rien, tu te conduis comme un lâche. Avec moi ou à ton travail. Tu m'ignores. Et tu habites dans mon appartement…

Pierre et Nora sont deux enfants perdus, dépassés par la violence. Pierre est arrivé devant un petit bureau.
Il sort d'un tiroir un revolver de famille, enveloppé dans un linge, et une boîte de cartouches. Pendant qu'il charge l'arme en tremblant :

PIERRE : Tu me tues, tu vas fermer ta gueule ? !

NORA : Non, je ne ferme pas ma gueule. Qu'est-ce que tu fais ?

PIERRE : Tu vas fermer ta gueule, je veux dormir ! Ferme ta grande gueule de merde. Tu ne vois pas que je deviens fou ? !/Arrête…/*Il pointe le revolver sur son propre cœur.* Tais-toi ! Juste : tais-toi ! Je vais me tirer dans le cœur.

NORA, *elle ne peut pas y croire* : Tu n'oseras pas. Arrête, s'il te plaît. *Puis* : Tu n'oseras jamais.

« Tais-toi, s'il te plaît… »
Pierre se tire une balle dans le cœur.
Nora est stupéfaite… Son cœur est désormais brisé.
Nora dévalera les escaliers, frappant à chaque porte…

64. Flash-back. Cour d'immeuble – Nuit

Plus tard, Nora est dans la cour. Elle crie aux voisins d'appeler les pompiers. Le plan est muet.
« Aidez-moi… Appelez une ambulance, je vous supplie, mon ami va mourir… Aidez-moi. »

65. Ext. Grenoble – Matin

Retour au temps présent.
C'est **l'aube**. Nora seule descend les marches au bord du fleuve…
L'Isère bouillonne, l'eau est noire.

66. Flash-back. Appartement du père – Nuit

L'aube, juste après la mort de Pierre. Le corps a été emmené par une ambulance, Nora s'est réfugiée chez son père pour tenter d'y dormir.
Elle est dans sa chambre d'enfant, elle a pris des médicaments, somnifère, calmants…
Louis revient du téléphone ; il se tient dans l'encadrement de la porte. Le couloir est allumé, Nora est couchée dans l'obscurité.

LOUIS : Tu vas pouvoir dormir ?

NORA : Oui.

LOUIS : Il est cinq heures et demi. À tout à l'heure… *Il réfléchit à voix haute* : Nora ?

NORA : Oui, papa…

LOUIS : Tu savais que Pierre avait un revolver ?

NORA : Non, je ne savais pas.

LOUIS : … Tu ne l'as pas entendu quand il a sorti son arme ?

NORA : Non, je dormais. Il était rentré tard…

LOUIS, *il réfléchit à nouveau* : Comment Pierre a-t-il pu entrer sans te réveiller ? Il n'avait pas les clefs.

NORA : Je ne sais pas…

LOUIS : Pourquoi il n'a pas sonné, ou frappé à la porte ?

NORA : Peut-être que je ne l'ai pas entendu.

LOUIS : C'est un deux-pièces. Il doit y avoir six mètres de la porte à ton lit.

NORA, *enfin, elle confesse, comme une petite fille* : Je ne voulais pas lui ouvrir, parce que j'étais énervée…

LOUIS : Et ensuite ?

NORA : Je ne sais plus. Il a été à son bureau ; peut-être que je me suis rendormie… C'est le coup de feu qui m'a réveillée. *C'est presque une question, ou une proposition.*

LOUIS : Est-ce que tu savais qu'il cachait un revolver dans son tiroir ?

NORA, *c'est le même mensonge enfantin que Doinel dans* Les 400 Coups : Non.

LOUIS : … C'était un accident.

NORA : Ah.

LOUIS : J'ai dit à la police qu'on irait faire les papiers demain.

NORA : Oui.

LOUIS : Dors bien, ma petite.

67. Flash-back. Appartement du père – Aube

Plus tard, les pompiers emmènent le corps de Pierre. Le père de Nora est arrivé.
Peut-être verra-t-on simplement le corps de Pierre, entouré de policiers dans une ambulance qui file vers la morgue…

68. Flash-back. Appartement du père – Jour

Nous sommes toujours **dix ans auparavant**…
Le matin, au petit déjeuner. Louis fait des recommandations à Nora pour son entretien avec la police. Ils osent à peine se regarder.

LOUIS : Des voisins vous auront peut-être entendus. Alors c'est mieux que tu dises à la police que tu n'as pas voulu lui ouvrir. Et il est passé par la fenêtre. Vous vous êtes disputés. Après, tu t'es endormie. Et tu ne savais pas qu'il avait un revolver.

NORA : Papa… il y a – peut-être – mes empreintes sur le revolver ou sur le tiroir… *Elle veut ajouter* : Des fois, on jouait avec…

LOUIS : Non. Je suis passé à l'appartement ce matin. J'ai essuyé avec un torchon, il n'y aura plus d'empreintes… Tu ne savais rien, c'est un suicide.

Sidérée, comme par un cauchemar, Nora n'ose rien dire.

69. Ext. Grenoble – Matin

Aujourd'hui... Nora est sur le petit balcon en béton de l'immeuble moderne du père. L'aube dure.
Derrière elle, Grenoble dans une pénombre grise. Nora sanglote sans pouvoir s'arrêter. Elle sanglote enfin.
Mme Seyvos est entrée dans la cuisine. Elle aperçoit Nora. Elle frappe au carreau. « Madame ? Madame ? !... »

NORA : Allez-vous-en. Laissez moi... Mais, laissez-moi !

Nora s'est effondrée. Mme Seyvos vient la prendre dans ses bras. « Viens mon enfant, ma douce, ma toute petite. »
Mme Seyvos la relève.

70. Flash-back. Ext. campagne – Jour

Sur un chemin de campagne dans le Sud-Ouest, **plusieurs années après les événements**...
On voit comment, un jour de vacances, Nora racontait à Ismaël, qu'elle venait de rencontrer, la « vérité » sur la mort de Pierre.

NORA : ... Ne me touche pas. Je ne supporte pas d'être consolée. Tu ne savais rien de ça. Tu me regardais comme une gentille veuve, avec compassion. Comme tous ces gens qui me plaignaient pendant toutes ces années. Sans que je puisse dire que je suis coupable. C'est mille fois pire, de mentir sans arrêt pendant sept ans. Ça vous endurcit comme une pierre.

ISMAËL : Bien sûr.

NORA, *désespérée* : J'aurais préféré l'avoir tué.

ISMAËL : Arrête avec ça… Eh, ça ne me fait pas peur.

NORA : Je ne supporte pas le regard de tes parents… Et je n'ose pas te demander de me plaindre parce que je l'ai assassiné.

ISMAËL, *il lui prend le visage dans ses mains* : Ce n'est pas vrai. Regarde : d'abord tu ne me fais pas horreur. Et que tu l'aurais fait, je m'en fous.

Nora pense qu'elle n'a plus qu'une pierre à la place du cœur. Si elle avait tué Pierre, au moins son cœur aurait saigné. Pierre lui a volé son cœur.

NORA : Je n'ai plus qu'une pierre à la place du cœur. Si je l'avais tué, au moins mon cœur aurait saigné.

ISMAËL : Non, moi, je tiens ton cœur dans ma main, comme un petit oiseau.

Ismaël regarde Nora avec une compassion infinie.

71. Ext. maison de campagne – Jour

En même temps, on verra Simon et Elias qui jouent dans le jardin d'une belle maison de campagne.
Peut-être une table est dressée, tréteaux, chaises de jardin.

Peut-être Simon crie : « L'ours, attention à l'ours ! On est attaqués par un ours terrible ! »
Abel fait l'ours en les poursuivant, Elias court, effrayé et ravi…

---

72. Cabinet d'analyste – Jour

Ismaël finit de raconter le récit de Nora à son analyste.
Il se tient la tête, atterré par sa bêtise passée.

ISMAËL, *ce texte commence off sur la scène précédente…* : L'occasion était trop tentante : une meurtrière, vous pensez ! « Elle en a tué un mais moi, je vais survivre ! » Crédulité ! Quel con présomptueux j'étais !…

Dr DEVEREUX : Autrement dit, dès qu'une femme représente pour vous une menace, vous vous empressez de tomber amoureux d'elle.

ISMAËL, *il hausse les épaules…* : Elle avait besoin d'aide.

Dr DEVEREUX : Vous avez du mal à donner tort à une femme, n'est-ce pas ?

ISMAËL : Je ne fais pas une victime très crédible.

Dr DEVEREUX : Vous êtes sans défense et effrayé, au lieu de vous battre ! *Un temps.* Dites-moi : auriez-vous trouvé autant de charme aux aveux de Nora si elle avait été moins jolie ?

ISMAËL : Oui, je pense que oui…

Dr DEVEREUX, *elle renifle…* : Je vais poser la question autrement : à qui trouveriez-vous le plus d'excuses ? À une fille laide, ou à une jolie fille ?

ISMAËL, *presque offensé par l'idée* : Oh, je ne ferais pas de différence. J'aurais bien tort de me fâcher plus contre la laide que contre la belle, si elles avaient toutes les deux fait la même chose.

Dr DEVEREUX, *elle sourit* : C'est un sentiment tout à fait admirable !... Voyons, qu'est-ce qui vous empêchait de vous opposer à Nora ?

ISMAËL, *presque vexé* : Tout de même, nous avons eu quelques engueulades...

72 *bis*. Flash-back – Jour

Soudain, un appartement vide, tout blanc. **Flash-back** sur une dispute d'Ismaël et de Nora. Ils hurlent tous deux.

ELLE : ... Je ne vivrai pas ici.

LUI : Mais qu'est-ce que j'en ai à branler de *où* je vis ? Ce qui compte, c'est *avec qui* je vis !

ELLE : C'est parce que tu n'as pas d'enfant. Ce n'est pas un foyer, rien n'est installé.

LUI : Mais je n'ai pas eu le temps.

ELLE : Oui, tu couchais avec la violoncelliste...

LUI : Ça va, j'ai couché avec UNE violoncelliste !

ELLE : Je m'en fous, je n'ai plus d'orgueil. Mais je ne peux pas mettre mon fils en danger.

LUI : Eh, Elias, il m'aime, et toi, tu m'aimes ! C'est ça-comme.

ELLE : Oui, ça me brise le cœur, mais je dois protéger mon fils.

LUI : Mais non ! C'est *mon* cœur que tu brises. Reste !

ELLE : Je ne peux pas. C'est fini !

LUI, *hurlant à Nora*… : Elias, tu l'as pas eu en couchant avec une sainte colombe ! C'est pas un oiseau qui t'est entré dans le cul. Ne joue pas à la petite sainte devant moi, en te servant de ton fils comme d'un rempart. Religieuse de mes couilles…

Quand la caméra panote, on découvre Elias dans l'embrasure d'une porte, immobile, effrayé par la dispute, et le désespoir virulent d'Ismaël. « Pardon, pardon… »

72 *ter*. Cabinet d'analyste – Jour

Retour au temps présent.

Dr DEVEREUX : Mais vous finissiez toujours par vous excuser…

ISMAËL : Oui. Ma vie est un échec.

Dr DEVEREUX, *sereine* : Pourquoi ça ?

ISMAËL : Merde, quand même, docteur : l'hôpital ! Je viens vous voir en pyjama, je dois 700 000 francs aux impôts, et il faut que j'aille à Roubaix faire signer mes papiers de curatelle par mon père ! C'est pathétique…

Dr DEVEREUX, *se levant* : Très bien. À jeudi…

Maintenant, ils sont devant la porte. Ismaël tend cent vingt euros en liquide à son analyste. Ils se serrent la main.

Dr DEVEREUX : Au revoir…

ISMAËL, *un temps…* : Nora m'a demandé d'adopter son fils.

Dr DEVEREUX, *elle prend l'argent* : Il est hors de question que vous adoptiez Elias.

---

73 a. Ext. Grenoble – Indéterminé

Est-ce l'aube ou la nuit ? Dans une rue déserte de Grenoble, Nora marche.
Elle étouffe…
La ville absolument vide fait plus penser à un rêve qu'à la réalité. C'est un cauchemar blanc.

73 b. Appartement du père – Après-midi

C'est un après-midi sombre. Nous sommes dans le couloir ; on aperçoit Nora dans l'encadrement de la porte du bureau. Elle est en train de téléphoner, elle pleure. Elle s'est réfugiée sous la grande table de la salle à manger.
On devine qu'elle a sa sœur Chloé au téléphone.

NORA : Chloé, je t'assure, il fond, c'est affreux. Il a perdu douze kilos en trois jours. Il est en train de fondre sous mes yeux. Il faut que tu viennes… *Un temps.* Il a mal, il demande à avoir des piqûres de plus en plus fortes…

---

74 a. Couloir d'hôpital – Matin

Le lendemain, au matin, le couloir de l'hôpital bruisse d'activités. Petit déjeuner et distribution de cachets pour tout le monde.
La Chinoise traverse le couloir, radieuse.
« Bonjour, Arielle... Vous voulez du thé ?/C'est pas pour moi, c'est pour M. Vuillard. Je peux prendre un plateau ? Du café, croissant... »

74 b. Chambre d'hôpital – Matin

Arielle ouvre tout doucement la porte et découvre Ismaël lové contre Victorine, en petite cuillère, nus tous les deux, endormis... Arielle pose doucement le plateau du petit déjeuner et referme la porte sans les réveiller.

75. Hôpital psychiatrique – Jour

C'est l'entretien de sortie avec la psychiatre.
Dans un petit bureau, Ismaël est en train de renouer ses lacets. Il est calme, souriant. Le Dr Vasset est amène, elle a les cheveux légèrement en désordre, la mine rose... Ils prennent le thé.

Dr VASSET, *elle examine une enveloppe*... : Votre avocat est un homme tout à fait enthousiaste.

ISMAËL : Oui, il est très dévoué.

Dr VASSET : Oh, c'est un homme vraiment charmant, plein d'énergie.

ISMAËL : Je l'aime beaucoup.

Dr VASSET : Bien. Et vous avez des projets qui vous attendent dehors ?

ISMAËL : Il faut que je retrouve mon quatuor, il y aura bien des enregistrements…

Dr VASSET : Je ne voudrais pas vous lâcher dans le vide… Tenez. *Elle lui tend une enveloppe ; l'affaire semble importante…*

ISMAËL : Vous savez ce qu'il y a dedans ? !

Dr VASSET : Ben oui, puisque je l'ai cosigné.

ISMAËL, *malicieux* : Et qu'est-ce qu'il y a dedans ?

Dr VASSET, *malicieuse* : Je n'ai pas le droit de vous le dire. Vous devez l'ouvrir tout seul, ça fait partie de la cure.

ISMAËL, *il glisse l'enveloppe dans sa poche intérieure* : Je préfère l'ouvrir tout à l'heure, dehors…

Dr VASSET : Moi aussi, avant j'étais comme vous : je prenais un malin plaisir à ne rien comprendre aux paperasses, aux règlements, aux questions d'argent. Et puis un jour, il a fallu que je m'y mette. Ce n'est pas si difficile. Vous devriez ouvrir l'enveloppe.

ISMAËL : Mais je peux sortir ?

Dr VASSET, *elle rigole* : Oui, vous êtes libre.

ISMAËL : Comment ? Là maintenant ?

Dr VASSET : Oui, là maintenant. Allez débarrasser votre chambre, ce sera fait.

ISMAËL : On vous a déjà dit que vous étiez très très jolie ?

Dr VASSET : Oui, je l'ai entendu assez souvent, merci.

Soudain la caméra est dans le couloir ; on voit maintenant l'entretien muet au travers d'une grande vitre.

En amorce, dans le couloir, Arielle, la Chinoise regarde Ismaël parler en souriant avec la psychiatre.

ISMAËL, *inaudible* ? Eh bien, je vais reprendre mes affaires.

Dr VASSET : Je crois que Me Mamanne vous attend à la sortie.

ISMAËL : C'est merveilleux.

Dr VASSET : Bon courage, monsieur Vuillard. Et soyez un peu prudent.

76. Chambre hôpital psychiatrique – Jour

Après l'annonce de sa libération, Ismaël est dans sa chambre. Il remplit les cabas de Mamanne avec ses affaires.
Puis il découvre la Chinoise dans l'encadrement de la porte ouverte.

ARIELLE : Et alors ? !...

ISMAËL : Je suis libre… Je reprends mes impedimenta.

ARIELLE : Ah, c'est super… *Elle se signe ; très vite, en un souffle* : Je saurais vous aimer mieux que toutes vos autres femmes.

ISMAËL, *l'a-t-il entendue ?…* Vous devriez peut-être vous méfier un peu de moi.

ARIELLE : Oh, vous, vous êtes pas très compliqué. Vous ne me faites pas peur. *Puis* : Je déteste tous les gens qui réduisent mes sentiments à une affaire. Moi, tant que je ne suis pas en faillite, je trouve que je ne suis pas encore amoureuse…

77. Ext. hôpital psychiatrique – Fin de jour

Puis, Ismaël se dirige vers la sortie. Amène, il remercie tout le monde. Arielle lui tend ses cabas. « Salut. » Il s'éloigne...
Soudain, il s'arrête, se retourne et se rue vers Arielle. Il a jeté ses cabas et vient l'embrasser avec fougue...

ISMAËL : Arielle ! Arielle ! Je t'appellerai. Je vais t'appeler, tous les jours. Je vais te donner des nouvelles de la vraie vie. Et je viendrai te délivrer...

ARIELLE, *en même temps* : Oui. Oui. OUI, OUI !...

78 a. Parking hôpital psychiatrique – Fin de jour

Ismaël entre, avec son sac en plastique, dans la **voiture de l'avocat.**
Aussitôt qu'il est assis, l'avocat pose d'un geste félin une série de photos sur le tableau de bord devant Ismaël.
Deux types pris au téléobjectif, visiblement à leur insu, dans des endroits divers : un parvis de la Défense, un restaurant sombre, etc.

Me MAMANNE, *ton de conspirateur* : Vous reconnaissez ces hommes ?

ISMAËL, *excédé* : Ah, ne me jouez pas je ne sais quel jeu à la con avec vos conneries, là ! Non, je ne sais pas qui sont ces types !

Me MAMANNE : C'est Mercier et Landeau, vos inspecteurs des impôts.

ISMAËL, *il s'empare des photos et les examine* : Ah, les salauds !

Me MAMANNE, *il toussote…* : Je crois que j'ai un peu merdé avec la curatelle. Écoutez, j'ai deux nouvelles, une bonne et une mauvaise… La mauvaise, c'est que vous avez perdu votre appartement. *Triomphal* : Saisi !

ISMAËL : Et la bonne ?

Me MAMANNE : Euh, je ne sais plus !

Rien ne peut entamer l'enthousiasme d'un tel homme.
Et puis, sur les sièges arrière de l'avocat, après qu'il a mentionné la saisie :

Me MAMANNE : Sinon, j'ai ramassé des trucs chez vous, avant qu'ils ne mettent les scellés…

78 b. Buffalo grill – Fin de jour

Le restaurant est désert, Mamanne heureux. Il savoure un whisky bon marché. Un parfum d'Amérique…

ISMAËL, *il tend l'enveloppe à l'avocat* : Le certificat de la psychiatre…

Me MAMANNE, *il déchire l'enveloppe ; mystérieusement* : Ça y est !

ISMAËL : « Ça y est » quoi ? ! Qu'est-ce que vous me faites chier, là ?

Me MAMANNE : On a le papier ! Vous êtes pur dingo, certifié casher pour tout 1995, et signé par le Beth Din de la psychiatrie de Paris. Mercier et Landeau sont coincés ! Votre appartement est saisi, mais c'est temporaire. Dans deux semaines, je vous l'ai fait restituer par le tribunal administratif.

ISMAËL : Alors je suis fou ?

Me MAMANNE : Oui. Enfin, vous étiez fou. En 95. C'est pour ça que vos dépenses de cette année-là ne peuvent pas nous être imputées.

ISMAËL : Ah bon… Et maintenant ?

Me MAMANNE : C'est-à-dire ?

ISMAËL : Eh bien : le fait que je sois un malade mental…

Me MAMANNE : Ah. Je crois qu'il faudrait une contre-lettre de votre sœur…

ISMAËL : Ma sœur ? !

Me MAMANNE : Ouais. La folle.

79. Ext. building – Fin de jour

Elizabeth, la sœur d'Ismaël, accompagnée de son mari, sort d'un building où se trouve une société de porcelaine prestigieuse.
Ismaël la rejoint d'un pas vif, encombré de ses cabas. On sent que la présence de son frère gêne Elizabeth.

ISMAËL, *enthousiaste* : Elizabeth !

ELIZABETH : Qu'est-ce que tu fais là ?

ISMAËL, *à sa sœur* : Ben, je suis sorti de l'hôpital. *À son beau-frère* : Salut Nico !… Je suis venu te rassurer.

NICOLAS : On est pressés, Babeth… *Il s'éloigne de quelques pas, à la recherche d'un taxi…*

ISMAËL : Tu as su qu'ils m'ont coffré dix jours ?…

ELIZABETH, *emmerdée* : Oui.

ISMAËL : Bien sûr. Tu as cru bien faire, mais tu vois : je vais bien… *Il commence à farfouiller piteusement dans ses poches à la recherche d'un papier.* Il fait froid, hein ! Je t'ai amené une contre-lettre…

ELIZABETH : Tu es en train de ridiculiser le nom de la famille… C'est Christian, à ton travail, qui m'a prévenue.

ISMAËL, *sa feuille à la main* : Christian ?

ELIZABETH : Écoute, j'ai fait pour le mieux. Je ne sais pas : il paraît que tu as fait des excès. Tu es sorti déguisé. Sous la pluie, avec ton alto Amati. Christian m'a demandé de signer ces papiers…

ISMAËL : Mais pourquoi Christian t'aurait demandé ça ?

ELIZABETH : Je ne veux pas en parler avec toi. J'y vais. *Elle disparaît dans un taxi avec Nico…*

---

80. Appartement à Grenoble – Nuit

C'est maintenant la nuit. Le tonnerre gronde, la pluie tombe sur Grenoble…
Nora est assise sur un canapé dans le salon. Elle veille. Elle regarde devant elle. Nous la voyons en gros plan…
Nora entend l'infirmière entrer dans la pièce.
L'infirmière traverse le champ et dépose un manuscrit sur une table basse. Puis elle sort du champ…

Mme SEYVOS : Il a écrit toute la nuit. Il l'a fini… Il m'a demandé de le remettre à M. Virag.

NORA : Je sais… Comment il va ?

Mme SEYVOS : Il recommence à désaturer, j'ai dû le remettre sous oxygène.

Mme Seyvos explique à Nora que le père a pris trop de drogues. beaucoup de morphine. Trop. Tellement que, s'ils montent encore les doses, ça le tuera.
Plus tard, Mme Seyvos entrera dans le cadre ; nous la devinerons, floue.
Est-ce parce que les deux femmes se regardent à peine, est-ce parce qu'elles se parlent avec une étrange voix intérieure, grave, mais toute la scène baigne dans l'irréalité.
On ne sait pas si Nora imagine ce dialogue, ou si l'infirmière est bien avec elle, dans la pièce…

NORA : Mais alors vous allez faire quoi ?

Mme SEYVOS : Eh bien, il va falloir le sevrer. Nous allons arrêter la morphine pendant deux ou trois jours. Le temps qu'il « décroche » un peu. Ensuite, nous pourrons recommencer avec des doses plus légères.

Nora comprend que son père va souffrir trois jours durant pour rien. Elle est terrifiée à l'idée d'assister à la douleur de son père.

NORA : Je ne veux pas qu'il ait mal… De toute façon, il est condamné.

Mme SEYVOS, *elle sourit* : Vous ne pouvez pas dire qu'il est « condamné ». Il est très malade, mais pour l'instant il est vivant, non ?

NORA : Vous ne pouvez pas le soigner. Il a tout le temps mal… Et il a peur, il a tellement peur de mourir.

Mme SEYVOS : Oui, ça fait très peur.

NORA : Qu'est-ce que je peux faire ?

Mme SEYVOS : Vous pouvez être sa fille. Et espérer un miracle.

NORA : Quoi ?

Mme SEYVOS : Eh bien, c'est des tumeurs malignes et assez développées. Alors les médecins ne pourront pas faire grand-chose. Mais ça n'est pas à vous ou moi de dire ce qui arrivera. Nous, il faut de toutes nos forces que nous espérions qu'il arrive un miracle.

NORA : Et il y a des miracles pour les cancers du ventre ?

Mme SEYVOS, *elle sourit encore* : Non, je ne crois pas. Pas beaucoup… Mais vous pouvez prier pour que cette fois-ci il y en ait un. On ne va pas l'enterrer quand il est encore en vie.

NORA : Je dois prier ?

Mme SEYVOS : Vous ne devez pas. Mais qu'est-ce que vous pouvez faire d'autre ?

NORA : Vous, vous faites des prières ?

Mme SEYVOS, *elle ne semble pas croyante…* : Moi aussi, j'espère de toutes mes forces qu'il va se passer quelque chose d'impossible, de magique, et que les choses vont s'arranger. Et comme ça, pendant tout le temps que votre père se bat contre la maladie, vous priez très fort…

NORA : Je ne peux pas supporter de le voir souffrir pour rien.

Puis Nora s'est levée. Elle se dirige vers la chambre du père. Entre et referme la porte. Nous restons dehors…

80 b. Appartement du père – Jour

Pendant ce dialogue, on aura vu un plan muet :
Au temps des jours heureux : Nora la tête sur les genoux de son père. Ils se racontent des histoires drôles. Louis récite un vers d'Henri Michaux.
On voit l'amour fou qui les a unis…

---

81. Int. studio – Nuit

Ismaël arrive dans un studio d'enregistrement plongé dans l'obscurité.
Ismaël tient à la main son sac en plastique avec ses vêtements et un lit pliant encore emballé dans un carton… « Christian ? ! Christian ?… »
Ismaël semble bien connaître les lieux ; il rejoint une pièce éclairée tout au fond du studio. Quand il entre dans la pièce, il découvre un homme du même âge que lui, en train d'écouter des enregistrements de quatuor baroque : c'est CHRISTIAN.
Ismaël s'est arrêté sur le seuil. Christian lui sourit.

ISMAËL : Salut.
CHRISTIAN : Bonsoir.
ISMAËL : Tu es encore au studio à cette heure-ci ?
CHRISTIAN : Ben oui.
ISMAËL : Excuse-moi, je suis venu avec un lit de camp.

Le fisc m'a pris mon appartement !... Je suis désolé pour toute la semaine... Ça a été, les enregistrements ?

CHRISTIAN : Oui. Nous avons dû te trouver un remplaçant.

ISMAËL : Ah, c'est bien... Je dois te remercier : j'ai su que tu t'étais fait du souci pour ma santé, c'est toi qui as appelé ma sœur. Mais figure-toi qu'elle m'a fait interner ! Tu connais Elizabeth, elle y va un peu fort !

CHRISTIAN : Non. C'est moi qui lui ai conseillé l'hospitalisation.

ISMAËL : Ah... Je suis touché. Tu t'es inquiété. C'est vrai que j'ai eu un petit passage à vide ces derniers temps. Mais je vais mieux, là. Je n'ai pas dû être tous les jours facile à porter. *Christian acquiesce...* Je vais me remettre au travail !

CHRISTIAN, *il sourit* : Je ne me soucie pas tellement de ta santé.

ISMAËL : Ah bon ?

CHRISTIAN : Je ne peux plus te supporter, tu sais ? Depuis longtemps.

ISMAËL : Depuis quand ?

CHRISTIAN : Oh, une dizaine d'années quand même. *Ils rient tous les deux.* Depuis ta rupture stupide avec Nora, j'ai décidé de te foutre à la porte de mon quatuor. Voilà. J'ai dû supporter ta suffisance, ton mépris, tes négligences, tes allures de génie, l'alto si brillant, précoce. Génie mes couilles ! tes états d'âme… Tout ça pendant tellement d'années. Et j'ai fait bonne figure : le premier violon, mais effacé ; ton associé fidèle, ton cousin éperdu d'amour et d'admiration… Après ta rupture, j'ai eu souvent Nora au téléphone.

ISMAËL, *outré* : Tu as eu Nora au téléphone ? !

CHRISTIAN : Oui… Quand j'ai vu comment elle s'est épanouie sans toi, quand tu lui avais tenu la tête sous l'eau si longtemps, je me suis dit que je valais bien autant qu'elle. Que moi aussi, je méritais de gagner. Enfin, bref, j'ai fait le projet de te virer une bonne fois pour toutes de ma vie.

ISMAËL : Par ailleurs, pourquoi tu as dit : « mon quatuor » ?…

CHRISTIAN, *sourire, il lui prend la main* : Tu es tellement présomptueux, c'est admirable.

ISMAËL, *il reprend son lit de camp…* : Bon ben, je suppose que je vais y aller. Je vais peut-être reprendre mon alto.

CHRISTIAN, *il rit* : Ton alto ? ! Non. C'est la fondation Gubelkian qui te prêtait l'instrument.

ISMAËL : Ah.

CHRISTIAN : On ne prête pas un instrument de quatre millions de francs à un fou. C'est le quatuor qui le garde ; ton remplaçant sera ravi d'en prendre soin. Avec respect, et sérieux.

ISMAËL : Bonsoir.

Note 1 : À un moment du dialogue, un lecteur de cassettes inclus dans la console s'arrête. Ismaël ne comprend plus rien.

Christian éjecte la cassette, la retourne et enclenche à nouveau. « J'enregistre, au cas où… »
Ismaël lève les yeux : une perche girafe munie d'un gros micro Neuman… Le dialogue reprend…
Note 2 :
Pour conclure la scène, dernier coup de poignard :
CHRISTIAN : « Ah j'oubliais ! Si tu veux récupérer ton poncho, il est au pressing… Bonsoir. »

82. Int. gare du Nord – Petit matin

Nous sommes samedi. Ismaël est dans le hall de la **gare du Nord**. Il a l'air défait. À ses côtés, son avocat est effondré lui aussi. Vulllard porte un sac de voyage, un bob défraîchi sur la tête. Mamanne porte fièrement sa kippa.
Ismaël téléphone sur le portable de l'avocat.

ISMAËL : Allô, maman ? Oui, c'est Ismaël. Oui, je suis bien sorti ; ils ont été très gentils… Je voulais te demander : vous avez toujours mon violon à Roubaix ?… Oui, mon alto de conservatoire ?… Ah, c'est bien. Eh bien, j'en aurais l'usage, en fait. Je vais peut-être vous rendre une petite visite. *Il raccroche.*

Me MAMANNE, *un temps…* : Putain ! *Et soudain* : « Ma seule étoile est morte, et mon luth constellé/Porte le soleil noir de la Mélancolie. »

ISMAËL, *indiquant le portable* : Ça s'éteint où votre truc ?

Me MAMANNE, *léger* : Le petit bouton au-dessus.

ISMAËL, *il a envie de pleurer…* : Vous embrasserez bien Rachel ?

83. Appartement à Grenoble – Jour

C'est le matin. Dans la cuisine, Mme Seyvos est assise face caméra devant une tasse de thé. Bord cadre, de dos, les médecins légistes lui posent les questions d'usage. Très concrètes : quelle heure, quand, comment ?

LES MÉDECINS : À quelle heure avez-vous constaté le décès ?

Mme SEYVOS : À 3 h 46, cette nuit.

LES MÉDECINS : Cause du décès ?

Mme SEYVOS : Chute de tension et arrêt respiratoire ; M. Jenssens était en phase terminale.

LES MÉDECINS : Morphine ?

Mme SEYVOS : Diprivan et Hypnovel.

LES MÉDECINS : Par perfusion ?

Mme SEYVOS : Non, par voie orale, je crois.

LES MÉDECINS : C'est vous qui l'avez aidé ?

Mme SEYVOS : Non. Je ne pouvais pas… C'est elle qui l'a fait.

LES MÉDECINS : Où est-elle ?

Mme SEYVOS : Elle dort dans le salon. La petite, elle n'avait pas dormi depuis trois jours !

Juste après : dans le salon, un travelling avant vers Nora qui dort enfin, pelotonnée dans le canapé. Le médecin entre dans le champ pendant le travelling et vient s'agenouiller à son chevet.
Il la réveille doucement.

LE MÉDECIN LÉGISTE : Madame ? Bonjour… Nous allons emporter le corps…

84. Temple Grenoble – Jour

Sur l'extérieur du temple de Grenoble, s'inscrit :

« D'entre les morts »

À l'intérieur, la cérémonie d'enterrement de Louis Jenssens.
On verra juste, assis au premier rang, Nora, Chloé et Jean-Jacques.
Dans l'assistance, Mme Seyvos salue Nora d'un mouvement de tête…

LE PASTEUR : *J'avais promis alors que la grande inondation ne submergerait plus la Terre. Je promets de même aujourd'hui de ne plus m'irriter contre toi et de ne plus te menacer, même si les montagnes venaient à changer de place, même si les collines venaient à s'ébranler, l'amour que j'ai pour toi ne changera jamais, et l'engagement que je prends d'assurer ton bonheur restera inébranlable. C'est moi le Seigneur qui te le dis, moi qui te garde ma tendresse.*

Puis, le prêche : Louis Jenssens est mort. Et nous entendons ces mots comme une insulte à la vie qui accable…

Le peuple est en exil, sans terre, sans temple, sans loi, sans roi. Où est ce Dieu qui a fait alliance pour l'éternité ? Qu'a-t-on fait de mal pour en arriver là ?

Louis a traversé la maladie, la douleur inacceptable.

En nous-même aujourd'hui, devant la mort, des montagnes se sont ébranlées. Comment vivre sans lui maintenant ?…

85. Sacristie du temple – Jour

Puis, dans la sacristie, les deux sœurs sont en train de lire les cartes de condoléances. Chloé crie sur sa sœur.
Elle reproche à Nora d'avoir ainsi hâté la mort de leur père sans la tenir au courant.

CHLOÉ : Mais tu l'as débranchée, sans me tenir au courant ? Parce que tu es un monstre…

NORA : Tu n'étais pas là.

CHLOÉ : Je t'ai dit que j'arrivais.

NORA : J'avais passé trois jours ici, toute seule avec lui qui agonisait.

CHLOÉ : Et quel droit ça te donnait ?

NORA : C'est facile pour toi. Tu fais la folle, tu n'es jamais responsable de rien. Tu n'as pas parlé aux médecins. Rien du tout. C'est moi qui dois faire les choses sales… Papa n'aurait pas supporté de rester seul, et j'étais perdue. Toi, tu n'as pas vu comme il souffrait. Je croyais que c'était le mieux à faire. Il pesait quarante kilos, il était tout jaune, marron-jaune. Je ne voulais pas qu'il souffre… Il était comme un enfant, je voulais le protéger.

86. Grenoble, appartement du père – Jour

La cuisine est maintenant vidée, l'appartement va être vendu.
Devant la porte de la chambre de son père, Nora aperçoit la bibliothèque au fond de l'appartement. Là-bas, Chloé est en train de

ranger les livres dans des cartons. Les deux sœurs semblent enfin réconciliées, unies par le deuil…

CHLOÉ, *devant une photo d'adolescence*… : Tu te souviens ?
NORA : Oui.
CHLOÉ : La honte ! Tu as fait la chambre de papa ?
NORA : J'y vais…

Nora entre dans la chambre de son père. Un coup de vent referme la porte. Là aussi tout a été rangé. Il reste encore un appareil médical qui attend d'être repris. Sur le lit, le tapuscrit du père est posé.
Nora s'assied sur le lit. Elle a les cheveux attachés avec un chouchou. Elle ouvre le journal du père…
Il s'agit des épreuves de son journal. Le tapuscrit broché est corrigé au stylo çà et là, papiers collés, ajouts. À la fin du livre, des pages blanches couvertes d'une écriture en pattes de mouche…
Nora lit : daté de l'avant-veille…

87. Ailleurs – Jour

Le père, dans une lettre testamentaire, « accuse » Nora. C'est bien sûr une déclaration d'amour fou.
Louis semble terriblement seul, sur un fond gris et or ; le roi Lear…

LOUIS JENSSENS : *Ma petite chérie,*

Tu as été d'un égoïsme monstrueux… Je pense que c'est un peu ma faute si tu es devenue ce que tu es.

Je voudrais ne pas t'aimer, mais des deux filles que nous avons eues, ta mère et moi, tu étais la plus jolie. Et tu avais besoin de me séduire, et j'ai eu besoin d'être séduit. J'étais très seul, ta mère était souvent à l'hôpital, et ça t'a rendu la partie facile. Je t'ai aimée follement toutes ces années. Ta sœur s'est renfermée et toi, tu t'es épanouie. Chaque année plus agressive, plus vaniteuse, âcre, froide, superficielle…

Et je n'ai pas su m'empêcher de te chérir. J'ai une colère contre toi que je n'arrive pas à éteindre alors que mon corps est en lambeaux. Je brûle de colère devant ta rébellion mauvaise.

Je suis coupable parce que c'est moi qui ai poussé ma petite fille à être fière. Et tu es devenue chaque jour un peu plus dure. Comme du lait caillé, ta fierté a tourné en une vanité aigre. Ton orgueil est devenu une coquetterie stupide et agressive. Et j'avais tellement aimé ton orgueil…

Aujourd'hui je ne suis plus assez idiot pour te plaindre. Je ne te plains pas.

Tu es une outre d'amertume, mon enfant, comme moi. Tu es bien ma fille. Derrière ton rire sec, crois-tu que je n'entends pas comment tu jouis ? Tu jouis parce que l'orgueil rend faible mais que ton amertume te donne une force terrible…

Je me suis inquiété souvent de la sauvagerie de ta sœur ; toi, tu étais toute soumise. Jusqu'à ce que je découvre, derrière ta soumission, une volonté et une envie qui me plongent dans la terreur. Je te crains. Je te hais, ma petite fille.

Je suis en train de mourir. Et je trouve ça tellement injuste que je meure et que toi, tu vives. J'aurais voulu que tu aies mon cancer. Que tu souffres. Et qu'il me reste du temps pour te pardonner après ta mort. Alors je meurs dans la colère. Et je t'en veux de me survivre. Je voudrais que tu meures à ma place, et ce n'est pas possible…

Il finit dans un sourire…

88. Appartement du père – Jour

Plus tard. Après avoir lu la lettre testamentaire de son père, on voit Nora. Elle pense devenir folle dans l'instant, et pourtant elle ne devient pas folle.
Dans un geste absurde, comme si elle étouffait, elle a ôté son chouchou.
Dans un plan large, on verra Nora glisser les pages sous son pull.
Puis on voit Nora sortir de la chambre et rejoindre la salle à manger qui jouxte le bureau.
Elle a les cheveux dénoués.
Elle se tient dos caméra, debout, les bras ballants.
Chloé lève les yeux de ses rangements et l'aperçoit. Elle lui demande pourquoi elle est toute rouge.

CHLOÉ : Tu es toute rouge ? Qu'est-ce qui se passe ?
NORA : Non non, ça va…

Mais nous savons ce que cette jeune femme a lu.
Il lui semble qu'elle détient maintenant un secret terrible et que personne ne devra jamais l'apprendre, cette haine vive de son père.
Chloé vient l'étreindre.

CHLOÉ : Quand est-ce qu'ils viennent, les déménageurs ?
NORA : Demain.
CHLOÉ : Et Jean-Jacques ?
NORA : Il revient demain aussi pour tout emmener à Paris. Tu viendras avec nous ?
CHLOÉ : Oui.

---

89 a. Train – Soir

Ismaël est en train.
Par la fenêtre, on voit un paysage utopique : l'Arcadie. C'est Roubaix.

89 b. Gare – Soir

L'homme entraperçu dans le flash de l'arbre, SIMON, attend Ismaël à la gare. Silhouette massive, bonté infinie, doux, tragique.
« Tu es venu me chercher !/C'est quoi ton costume de bagnard ? Collargol…/ Ça va, man ?/À fond. Je prends ton sac ?/Laisse tomb'… »

90. Épicerie – Nuit

Le soir, Ismaël rend visite à son père qui tient une épicerie. C'est ouvert en nocturne.
Abel porte un blouson de vieux monsieur et des baskets. Ismaël porte un long manteau un peu chic.
Le père se félicite de retrouver son fils en si bonne santé.

ABEL : Tu as l'air en bonne santé !

ISMAËL : Oui. Pourquoi tu travailles si tard, à ton âge ?

ABEL : Tu sais, au train où vont les choses, si nous ne restions pas ouverts jusqu'à dix heures du soir, on mettrait la clé sous la porte…

ISMAËL : Et maman ?

ABEL : Elle est à la maison. Elle fait l'ouverture le matin. Alors, le soir, elle est épuisée… Heureusement, ton cousin Simon nous aide merveilleusement.

ISMAËL, *il sort un stylo…* : Papa, il faut que tu signes ici.

Le père regarde des papiers administratifs qui sont posés à côté de la caisse…

ABEL, *embarrassé* : Tu es sûr pour ces papiers d'adoption ?

ISMAËL, *pudiquement* : Oui, je suis sûr.

ABEL : Le petit Elias…

Puis, pendant que les deux hommes papotent, sont entrés trois jeunes voyous, quinze, seize ans, vêtus de survêts, casquettes, etc. Le père leur jette un coup d'œil débonnaire, « bonsoir ». Les jeunes ne répondent pas, le père n'y prête pas garde…

Le père et Ismaël se tiennent donc devant la caisse, qui fait face au premier couloir de la petite épicerie. Un gars s'est engagé dans le couloir n° 2, vers les frigos. Un second se tient devant les rayonnages du couloir n° 3.

Un troisième gars lambine devant la tête de gondole du couloir n° 2, à deux mètres d'Ismaël et son père… « C'est Tchernobyl, ici ! Y a rien… »

Off, on entend le gars du rayon frais crier : « Eh, y a pas de bière ? »

ABEL, *bonhomme* : Ah non, les gars, pas d'alcool ici. Mais y a des sodas…

« Il a dit des sodas ! » Les deux gars pouffent de rire. « C'est quoi ce ghetto ? ! C'est un magasin de bouffon. »
Celui qui est le plus proche du père, sur un ton plus agressif :

MARCELLO, le Lascar n° 1 : Eh, t'as pas de bière, toi ?
ABEL : Eh non.
MARCELLO, le Lascar n° 1 : Y a rien dans ton magasin de merde ?

Souriant, le père s'est approché avec discrétion de la caisse et s'est saisi d'un bon bâton – un pied de table – qu'il a placé le long de sa jambe.

ABEL : En tout cas, il y a pas de bière, mon gars.

Marcello sort un revolver de son blouson, arme le gun et braque Abel. « Ta caisse, le bouseux-là, tu vas me filer ta caisse ! ! ! »
Derrière lui, les deux lascars dégainent aussi. Le second type jette des yeux fébriles vers la vitrine, et hurle lui aussi : « File la caisse, putain !!! Vas-y, file ! »

MARCELLO, *à Ismaël* : Me regarde pas, toi, ou c'est la dernière chose que tu verras de ta vie ! Tu me regardes, je te tue. Arrête de me calculer, baisse les yeux. *À Abel* : File l'argent, man, je te jure. Magne-toi, ou je te tire dans la gueule. Je t'en supplie./Franchement, écoute-le, ou il va te buter.

Abel sourit et s'approche du leader, Marcello, qui se tient devant lui.
« Casse-toi ! Et file ta caisse ! Arrête… »
Les gamins sont terrifiés et agressifs.
« Eh mon gars, du calme. Regarde. »
Il écarte légèrement les bras, on voit ainsi son bâton, la tête vers le sol.
« Tu vois ? Hop… »
Il lève le bras, et le bâton fait sauter l'arme. Il ramène le bâton des deux mains vers le bas, et casse net le genou de jeune qui s'effondre par terre. Deux coups de bâton dans le ventre du type à terre.
Derrière, le second gars a sorti son arme. Abel lui tourne donc le dos, tout occupé qu'il était à taper le jeune allongé. « ARRÊTE, toi !!! »
Le père se recule d'un grand pas, et pousse de son dos le second lascar qui vient s'écraser contre un mur de légumes. Vivement Abel revient vers le jeune Marcello allongé, s'empare de l'arme qui traînait par terre et se retourne.
Le second gars pointe Abel de son revolver : « Recule, je vais te fumer moi ! »
Abel sans paniquer vise le sexe du jeune gars et, l'air désolé :

ABEL : Fils, tu appuies sur la gâchette, je te tire dans les couilles… Tu as seize ans, mon petit, rends-toi service. Gâche pas ta vie. Donne-moi ton pistolet. Allez, dégage…

Le jeune jette l'arme vers le père et s'enfuit. « C'est bien… »
Le père ramasse l'arme et se retourne enfin vers Ismaël, complètement effrayé, tapi contre la tête de gondole n° 1. Abel fait glisser l'arme vers Ismaël et lui fait un clin d'œil. Ismaël ramasse l'arme, terrifié. Du fond du magasin, le troisième gars tire deux coups de feu…

Abel et Ismaël se tiennent donc maintenant chacun accroupi, dos aux têtes de gondole 1 et 2, pour éviter les balles perdues, le revolver canon en l'air… Ils se regardent. Encore un coup de feu du fond du magasin qui vient pulvériser un truc.
Le père hausse les sourcils : eh ouais, la vie n'est pas rose…
Peut-être le père tirera-t-il un ou deux coups de semonce dans les travées, à l'aveugle, main gauche, puis main droite ?
Le jeune garçon blessé gît aux pieds d'Abel.

MARCELLO : Eh monsieur ! Je crois que ma jambe, elle est cassée là…

Abel console le jeune homme. Oui, le genou est explosé. Abel est très doux, gentil. Puis à voix portée, à l'autre lascar :

ABEL : Eh, fils, y a ton camarade là qui est blessé, et l'autre il est parti. On a les deux pistolets et tu es tout seul… Tu n'as aucune chance. Tu vas faire glisser ton arme, et je te laisse sortir. Ça va comme ça ?… Faut que t'emmènes ton gars aussi, il peut pas bien marcher.

Au sol, Marcello blessé gémit. « Arrête, Ali. » On entend le revolver glisser dans la travée, il s'immobilise sous le regard des deux hommes.

ABEL : Voilà, c'est bien ; c'est fini, y a pas de mal…

Ismaël et son père se redressent.
Ali arrive du fond du magasin, terrifié. Il prend son copain par l'épaule, et ils repartent à trois pieds… « Au revoir, monsieur, à demain… »

Ismaël a ramassé les armes. Hors de lui : « Papa, faut que tu fermes ce putain de magasin ! »

91. Int. salle de sport Roubaix – Matin

Ismaël et son père s'exercent dans une salle de sport. Abel soulève joyeusement les haltères quand Ismaël peine sur son rameur.

ABEL : Tu sais, il ne faut pas que tu te fasses de souci ; ta sœur a toujours été un peu nerveuse…

ISMAËL, *hors d'haleine* : Oui oui…

Le père ne paraît pas le moins du monde affecté par le hold-up de la veille. Il est pimpant, et son fils peine à le suivre…

92. Réunion de famille – Roubaix

a. Pendant une réunion familiale dans la famille d'Ismaël, le cousin Simon – qui habite chez les parents et aide le père au magasin – Simon donc traîne seul dans le salon… Il est devant une vieille chaîne hi-fi. Il met un disque sur la platine ; c'est un rap doux : « That's my people » de NTM…
Il en connaît certaines paroles, comme Ismaël.
Simon fumera-t-il ? Boira-t-il une tasse de café ? Feuillera-t-il un livre ?
Attend-il vraiment l'issue de la délibération familiale, ou songe-t-il à sa propre histoire tourmentée ?
En tout cas, il est le pilier central de la maison.
Nous reviendrons pendant toute la scène suivante sur Simon, amusé, seul dans le salon, chantant les paroles de Kool Shen…

… Construire est ma seule excuse au fait de prendre de l'âge.
Si je sens pas les miens autour de moi, putain c'est le naufrage
Assuré. C'est vrai : je ne me sens rassuré
Qu'en présence de ceux que j'aime. Je veux m'assurer
Que tout ce que je balance soit approuvé.
Même si j'ai rien à prouver, j'veux que tous mes potes puissent s'y r'trouver.
Je veux pouvoir les garder près de moi,
Les regarder douze mois par an, comme l'ont fait mes parents pour moi.
Parce qu'après c'est trop tard.
Faut pas comprendre qu'on les aimait une fois qu'ils sont ti-par.
Ou bien c'est que t'as envie de pleurer, ou bien plus plutôt que tu sais pas.
Dans ce cas, j'peux rien pour toi.
J'ai pas la clé du bonheur, j'ai même jamais été à la hauteur
Pour ce genre de trucs. Mais aujourd'hui j'ai peur
Car l'horloge a tourné, a tourné, a tourné…

b. Pendant ce temps, dans la cuisine, Monique appelle les enfants en sonnant la cloche. Les quatre frère et sœurs Vuillard déboulent en trombe et s'installent à table chacun à sa place autour du père. Monique vient s'asseoir au côté d'Abel.

ABEL : Voilà : votre mère et moi, nous voulions vous consulter, tous les enfants réunis. Ça fait à peu près vingt ans que votre cousin Simon vit à la maison. Et j'ai été très fier de voir comment tous les enfants, vous l'avez accueilli quand il est venu ici après la mort de sa maman. Bon, Simon a son caractère, il ne s'est toujours pas réconcilié avec son père, ça !…

MONIQUE : Il veut le déshériter, c'est honteux.

ABEL : De toute façon, son père n'a pas beaucoup de bien. Alors, votre mère et moi, on commence à se faire vieux – *Monique acquiesce avec coquetterie* : Eh oui…/Et nous avions pensé que ça serait bien de régulariser tout ça avant ma mort./Abel !…/Alors voilà : je pense à adopter Simon légalement…

ELIZABETH : Tu es déjà le tuteur de Gilles, et maintenant tu veux adopter Simon… ?

ABEL : Ma chérie, Gilles, c'est tout à fait différent. Et là, il s'agit d'une adoption simple : Simon a un père. Ta mère et moi-même lui répétons souvent. Il n'est pas question d'une adoption plénière…

ELIZABETH : Pourquoi tu l'adoptes alors ?

MONIQUE : Tu sais bien qu'entre Simon et son père, ça n'a jamais marché.

ABEL : Votre mère et moi, on voudrait laisser un petit quelque chose à Simon après notre mort et nous avions pensé partager en cinq. Si vous en êtes d'accord. Voilà.

MONIQUE, *avenante, elle demande l'accord* : Delphine, Fidèle ?… *Les jumeaux ne savent quoi répondre.*

ELIZABETH : … On va pas adopter la terre entière, sous prétexte que les gens ne s'entendent pas avec leur père ? Personne ne s'entend avec son père !

ABEL : Elizabeth, Simon n'est pas n'importe qui pour vous !

ELIZABETH, *au bord des larmes* : Justement : tu as pensé à nous ? C'est une atteinte à la réserve héréditaire. Tu t'es jamais demandé si nous aussi, on avait des besoins – regarde-les ! – au lieu de donner tout notre argent au premier venu ?

LES JUMEAUX, DELPHINE & FIDÈLE, *un peu perdus, en chorus…* : Mais c'est vrai : pourquoi c'est papa qui l'adopte, alors que c'est la mère de Simon qui est morte ?

ISMAËL : Excuse-moi, Elizabeth, mais tu ne crois pas que tu exagères un peu ? Papa veut simplement faire un geste… Après tout, depuis le temps, Simon, c'est comme si c'était notre frère…

DELPHINE & FIDÈLE, *chorus* : Oui. Oui.

ELIZABETH : Attends, de quoi tu parles, toi ? Tu trouves que tu te conduis comme un frère avec moi et les jumeaux ?

ISMAËL : Il vit ici depuis qu'il a quatorze ans. Et il ne s'en sort pas très bien financièrement, ça va, on est tous au courant.

ELIZABETH : Non, mais je rêve ! Tu n'as jamais eu aucun sens de la famille, tu n'as jamais levé le petit doigt pour personne et tu viens nous donner des leçons ! On n'a qu'à adopter le type du lycée que maman adorait, Nounours, là ! pendant que vous y êtes !

DELPHINE & FIDÈLE, *en chorus embarrassé – il s'agit de leur dealer* : Non non. Nounours, ça n'a rien à voir, c'est pas notre cousin.

MONIQUE, LA MÈRE : Nounours est un garçon épatant. Et il fait de gros efforts pour s'en sortir.

ELIZABETH : Tu plaisantes ? Nounours, c'est le plus gros dealer de Roubaix… Tu n'étais pas au courant ?

ABEL : Il faut bien que Nounours s'en sorte d'une manière ou d'une autre… D'ailleurs qui d'entre nous n'a jamais trouvé le réconfort dans une drogue… ? Le café, le chocolat…

93. Int. grenier, Roubaix – Jour

Ismaël dans le grenier de ses parents. Il ouvre l'étui de son vieil alto. L'épaule. Accorde l'instrument. Et tire sur l'archet.
Une seule note…

---

93 jumelle. À Paris, appartement Jean-Jacques – Nuit

Plus tard, un soir, quand Nora est rentrée à Paris, l'avant-veille de son mariage ?…
Jean-Jacques est déjà couché. Nora se déshabille dans la salle de bains qui jouxte.
Puis elle s'approche du lit, elle finit d'enfiler un pyjama, une veste courte. La pièce est éclairée par la lumière de la salle de bains.
Jean-Jacques se redresse et indique une marque rouge sur son flanc.

JEAN-JACQUES : Qu'est-ce que tu t'es fait ?... Tu t'es brûlée ? !

Nora relève sa veste : sur son flanc droit, une brûlure. Elle regarde, sidérée.

NORA : Je ne sais pas.

JEAN-JACQUES : Ça te fait mal ? *Il tend le doigt pour effleurer doucement.*

NORA : Non, je ne sens rien.

JEAN-JACQUES : Mais c'est comme ça depuis quand ?

NORA : Je ne l'avais pas vue avant. Je ne sais pas.

Elle s'est assise sur le lit et pleure un peu...
Jean-Jacques la prend dans ses bras. « Eh, ce n'est rien... C'est fini. »

---

94. Pension de la grand-mère, Roubaix – Jour

Ismaël rend visite à sa grand-mère. Il est accompagné de ses parents.
C'est l'après-midi, nous sommes dans une pension pour vieillards, dans un appartement privatif. La grand-mère est très âgée, elle perd doucement la tête. Pourtant, elle reconnaît sans peine Ismaël, l'embrasse...
Ismaël a posé son alto et une petite valise dans un coin, et s'installe...
« Ça va, mamie ?/Oh oui... »
Après un moment, la grand-mère se retourne vers la mère :

REINE-MARGUERITE, LA GRAND-MÈRE : Vous êtes qui, vous ?

MONIQUE : Je suis Monique, la mère de votre petit-fils.

REINE-MARGUERITE : Ah bon. *Dubitative, à Ismaël* : C'est ta mère ?/Oui, c'est Monique./*À la mère* : Et vous l'avez eu comment ?

MONIQUE : Pardon ?

REINE-MARGUERITE, *agacée* : Eh bien, vous l'avez eu comment ? Par accouchement ou par adoption ?

MONIQUE : … Mais, par accouchement.

REINE-MARGUERITE, *elle hausse les épaules* : Ah. C'est bien… *Elle se tourne vers le père d'Ismaël* . Et toi, tu es mon fils ?

ABEL : Bien sûr, maman.

REINE-MARGUERITE : Mm… Et toi, je t'ai eu comment déjà ?

ABEL : Par adoption, maman.

REINE-MARGUERITE : Ah oui, c'est vrai… C'est bien aussi. Mon garçon… *Elle tapote l'épaule de son fils Abel.*

Note : En ouverture :
C'est l'heure de la sieste, la grand-mère est assoupie. Ismaël la veille. Reine-Marguerite ouvre les yeux :
« Je vais y aller, mamie.
– Où ça ?
– Je rentre à Paris.
– Ah oui ; tu as ton alto, très bien… »
Derrière eux, accroché au chevet du lit de la 3e grand-mère, un « dream-catcher ».

95. Gare de Roubaix – Fin de jour

Les parents déposent Ismaël à la gare.
Un rituel étrange : le père sort la petite valise d'Ismaël. La mère sort l'alto dans son étui. Monique tend l'étui à Simon.
Simon s'approche d'Ismaël et lui tend l'alto d'un geste brusque, comme s'il lui sauvait la vie…

96. Studio d'enregistrement – Indéterminé

Nous retrouvons Ismaël dans un studio d'enregistrement. Il fait maintenant partie d'un orchestre de chambre.
Tous jouent une musique « moderne », quelques mesures du concerto de Webern. Puis c'est la pause. D'un bond, tous les musiciens se lèvent et sortent.
Ismaël sort avec eux. Joyeusement étonné, il retrouve l'infirmier au pansement, qui écoutait dans la cabine d'enregistrement. Au passage des musiciens : « Bravo, bravo, merci.
– Mais, Prospero, vous étiez là ? ! »
Prospero est intimidé par les artistes.

PROSPERO : Ben oui, j'ai su que vous enregistriez ici, alors je suis passé… Que c'est beau !

ISMAËL : Eh oui, c'est pas mal, c'est viennois. Alors, quoi de neuf à l'hôpital ? Tout va bien ?

PROSPERO : Oh oui, tout va bien… Mais on se fait du souci pour Arielle, la petite Chinoise… Elle a eu des ECT, vous savez, des électrochocs chimiques. Bon, elle s'était encore un peu suicidée, d'accord. Mais, ça va… Là, elle est en hôpital de jour. Mais ses parents vont rendre sa chambre de bonne ; ils veulent l'enfermer… *Timidement* : Vous pourriez peut-être lui passer un petit coup de fil ?

97. Ext. cabine téléphonique – Jour

Sous le métro, à la **station Jaurès**, Ismaël passe un coup de fil pathétique à Arielle d'une cabine téléphonique. Il essaie de prendre un ton dégagé, mais il est fébrile. On voit qu'il transpire abondamment. Ses rires sont forcés, on le voit souffrir.

ISMAËL : Arielle ? C'est Ismaël !…

ARIELLE : Oh, Ismaël, comment ça va ?

ISMAËL : Je vais très bien. J'ai une forme du tonnerre !

ARIELLE : C'est bien.

ISMAËL : J'ai dû faire un saut en province, mais tout s'est arrangé là-bas. Les voyages, la famille, tu connais ! Et j'ai un nouveau travail, je te raconterai… *Un temps.* J'avais pensé venir te voir, mais je ne l'ai pas fait ! Tu m'entends ?

ARIELLE : Oui, je t'entends… J'ai souvent songé à toi.

ISMAËL : … Et toi la santé ?

Maintenant, on voit Arielle, au **téléphone commun de l'hôpital**, devant la réception.

ARIELLE, *elle regarde les cicatrices de ses poignets ; elle rigole* : Je m'ennuie !…

ISMAËL, *on revient sur Ismaël ; il rit bêtement – un temps…* : Je ne t'entends plus très bien. La ligne est mauvaise. Allô ?

ARIELLE : Oui, je t'entends.

ISMAËL, *il gratte le micro du téléphone pour simuler la friture* : Je vais te rappeler. D'accord ?

ARIELLE : D'accord.

ISMAËL : Ça va couper, là...

Ismaël coupe piteusement la communication avec le doigt.

---

98. À Paris – Après-midi

Dans l'appartement immense de Jean-Jacques et Nora... À l'arrière-plan, on devine une fête de cinquantenaires, le mariage de Nora et Jean-Jacques.
Nous sommes dans le **hall d'entrée** de l'appartement. Léopold Virag, en manteau, se tient à côté d'une domestique en costume. Il attend.
Nora s'approche de Virag, joyeuse, une coupe de champagne à la main.

VIRAG : Je suis désolé de vous déranger un si beau jour.

NORA : Non, je vous en prie. Ce sont des circonstances heureuses. Entrez !

VIRAG : Non, pensez-vous ! Je suis juste venu prendre le tapuscrit.

« Bien sûr. » Nora s'est dirigée vers une console où le livre du père l'attendait.
Non loin en retrait, Jean-Jacques surveille...
Virag feuillette le livre. Puis, relevant les yeux sur Nora, il demande :

VIRAG : Il y a des pages arrachées... Vous savez ce qu'il en a fait ?

NORA : Non, je ne sais pas. Il a dû les jeter.

VIRAG : Vous n'avez rien retrouvé dans sa chambre ?

NORA : Non.

VIRAG : Vous n'avez pas regardé dans la corbeille ?

NORA : Non, ce sont les infirmières qui se sont occupées de tout nettoyer là-bas.

VIRAG, *un temps, il regarde le tapuscrit puis sourit à Nora…* : Vous savez quand Kafka, le grand écrivain tchèque, est mort, il avait demandé à son ami Max Brod de détruire tout ce qu'il avait écrit. Et son ami n'a pas respecté ses volontés. Alors, chaque fois que je lis Kafka, et que ses lignes m'émeuvent tant, je me sens un peu coupable de lire ce qu'il nous avait demandé d'oublier.

NORA, *elle demande la clef de l'énigme* : Vous pensez que son ami aurait dû détruire ses livres ?

VIRAG, *avec bonté et malice* : Aujourd'hui, je pense que ça n'a pas beaucoup d'importance. Il se trouve que Max Brod a trahi son ami par amour, et les a édités. Ce qui a changé ma vie. Il aurait respecté ses volontés, ma vie aurait été différente, et voilà tout.

Indiquant le livre qu'il tient dans les mains : Je vous remercie. Tous mes vœux. Au revoir.

Virag lui baise la main. Puis s'en va.

UNE AMIE *rejoint Nora* : C'était qui ?

NORA : L'éditeur de mon père. Je vais chercher du vin blanc à la cave…

99. Int. cave et salon à Paris – Après-midi

Nora est maintenant dans une **cave** lumineuse, béton et lumière blanche des néons.
D'une caisse, elle sort la gravure de Léda, roulée et maintenue par le chouchou, le ruban qui la coiffait lors des scènes de Grenoble.
Nora déroule les pages manuscrites de son père cachées dans la gravure, et les brûle sur le sol de la cave.
Puis, comme elle remonte l'escalier, le ruban à la main, Jean-Jacques la rejoint.
Il s'inquiétait pour elle. Nora explique qu'elle est descendue chercher du vin.

JEAN-JACQUES : Où tu étais passée ? Je m'inquiétais pour toi.

NORA : J'étais descendue chercher du vin.

JEAN-JACQUES, *il voit qu'elle ne tient aucune bouteille* : Tu as l'air soucieuse. Tu veux que je leur dise de s'en aller tous ?

NORA, *elle rit* : Non ! Ça va…

JEAN-JACQUES : Tu es sûre ?

NORA : Oui.

« On y va ?… / Oui. » Ils remontent l'escalier à deux.
Enfin, ils entrent dans le living. Un large groupe d'amis les accueille avec des félicitations : aux nouveaux mariés.
Les amis :
« Nora, on propose un toast !
– À Jean-Jacques et Nora ! À ce grand jour pour vous deux.
– Beauté et bonheur.
– Et à Elias !… »
Tout le monde trinque.

Chloé, qui tenait Elias sur ses genoux, l'approche du couple. Jean-Jacques prend Nora par la taille et commence à danser avec elle. Elias se joint à eux…

---

100. Int. voiture – Jour

Plus tard, Ismaël traîne dans sa **voiture délabrée**, parquée sur une place minable.
Un policier s'approche, Ismaël ouvre le carreau. La fumée épaisse, un habit étrange, les bouteilles qui traînent, son menton pas rasé, tout montre d'Ismaël une image inquiétante, dérangée, clocharde. Et pourtant, il se sent clair et déterminé, comme il ne l'a pas été depuis des mois. Lucide, fort.

LE POLICIER DEVERSCHERE : Bonjour, monsieur… Je peux vous demander votre carte grise ? *Pendant que Ismaël la lui tend* : Excusez-moi, mais il me semble que vous avez bu ?

ISMAËL : Oui, mais je suis à l'arrêt ! *Un temps.* Et c'est ma bagnole.

LE POLICIER DEVERSCHERE, *désarçonné* : Bien. Au revoir monsieur…

Le policier repart. Ismaël démarre le moteur.
Le policier revient. Frappe au carreau. Avec un grand sourire, Ismaël ouvre sa fenêtre à nouveau :

ISMAËL : L'allume-cigare.

Il allume une nouvelle cigarette, en fixant le policier.
Ça y est. Voilà Ismaël déguisé : il porte sa cape rouge aux revers bleus. L'air outrageusement dingue. Il est prêt à tous les excès, toutes les audaces. À régler tous ses problèmes, enfin.

101. Int. café – Fin de jour

Un peu endormi par les anxiolytiques, Ismaël est installé au comptoir d'un café devant un verre de whisky.
Il porte, au-dessus de ses vêtements de ville, la cape improbable…
Ismaël n'a aucune affectation, il vêt sa cape comme on le ferait d'un vieux peignoir…
Les autres clients semblent embarrassés par son déguisement.
Ismaël foudroie du regard un client âgé effrayé. En latin : « *Tu quoque ?!* »
Le vieil homme se tasse sur son tabouret.
Ismaël demande au serveur de lui servir : la même chose…

102. Int. cage d'escalier – Nuit

… Vêtu de sa cape, Ismaël monte les escaliers vers des chambres de bonne. Arrivé à la porte, il découvre une foule d'étudiants ivres, chinois et français mélangés. La musique est assourdissante, parfaite.

ISMAËL : Je voudrais parler à Arielle Phénix…
UN ÉTUDIANT : Ah, je ne sais pas chez qui on est…

D'autres invités lui répondront en chinois.
Enfin, Arielle sort de la foule et s'approche d'Ismaël.

ARIELLE : Ismaël ? Qu'est-ce que tu fais là ?

ISMAËL : Je suis passé à l'hôpital. On m'a dit que tu étais sortie… C'est qui tous ces gens ?

ARIELLE : Je ne sais pas. Je dépends ma crémaillère.

ISMAËL : Ah bon. *Il jette un œil à la foule des invités* : Putain, vous êtes tout ça en sinologie ?

ARIELLE : Oh non, on est douze dans ma classe… Mais j'ai dit que je faisais une fête, voilà… C'est pour mon départ. Mes parents vendent.

ISMAËL : Ah.

ARIELLE : Je retourne à Besançon. Ils vont m'hospitaliser là-bas.

ISMAËL : Arielle, je suis venu ici pour faire certaines déclarations solennelles… Il faudrait que je te parle en privé.

ARIELLE : Ben, c'est pas très pratique ici !

Ils s'engouffrent dans la **minuscule cuisine** qui jouxte le palier.

ISMAËL : Arielle, je suis venu te demander pardon. *Il compte sur ses doigts.* Je t'ai à peine appelée, je ne t'ai jamais écrit et ne t'ai pas rendu une seule visite à l'hôpital, et…

ARIELLE : Je ne veux pas que tu me demandes pardon.

ISMAËL : Tu sais, je ne me repens de rien. Si je t'ai fait du mal, je suis désolé. C'est ce que j'ai de mieux à t'offrir. *Il regarde sa cape.* Tu n'as pas peur de moi ?

ARIELLE : Mais de quoi aurais-je peur ?

ISMAËL : Comment est-ce possible que tu n'aies pas peur de moi ? Tu es jeune et belle…

ARIELLE, *elle rigole* : Et alors, quel mal y a-t-il à cela ?

ISMAËL : Écoute, laisse-moi me mettre à tes genoux !

ARIELLE, *il se jette à genoux. Elle lui prend les mains* : Tu frissonnes…

ISMAËL : Oui, je frissonne… parce que je m'apprête à t'ouvrir mon cœur. J'ai fait des excès terribles avant de te connaître. Je ne veux pas entrer dans les détails, mais tu pourras appeler mon analyste. Je te donnerai son numéro lorsque tu seras ma femme. Elle te confirmera que je suis fou. Mais je n'ai pas son téléphone sur moi, et je n'ai pas la mémoire des chiffres.

ARIELLE : Je suis fatiguée, Ismaël !

ISMAËL : Ah, c'est ridicule, je n'ai pas de cadeau pour toi. Tiens, prends ma montre. *Il commence à enlever sa montre.*

ARIELLE : Mais je ne veux que tu me donnes ta montre !

ISMAËL, *il met la montre dans ses mains* : Si, prends-la, elle marche très bien, et je sais que tu en as besoin. Tu vois, parfois, je sens en moi un sentiment de confiance extraordinaire ! Mais la plupart du temps, je me rends compte que je suis un vieux taureau misérable et fatigué.

ARIELLE : Ismaël ! tais-toi.

ISMAËL, *épuisé* : Je veux que tu partages ma vie…

ARIELLE : Oh. *Elle le regarde, regarde la porte. Et montrant la porte du doigt* : Je vais peut-être leur demander de partir…/ Oui ! *Illico, ils se déshabillent et couchent ensemble passionnément.*

---

103. Musée de l'Homme, Paris – Jour

Une entrevue entre Ismaël et Elias ; Ismaël rend enfin visite à l'enfant. Ils sont au musée de l'Homme.
Sur l'écran s'inscrit :

« ÉPILOGUE »

Les lignes qui suivent sont un matériel démesuré dont nous voudrions retenir ceci : cet adulte assis à côté de cet enfant sur des marches, et qui lui dit : « Je ne peux rien pour toi. »
Des petits intermèdes pourront venir interrompre le monologue ici ou là.

L'adoption : hall d'entrée

ISMAËL : Ben dis donc, ça fait une paye qu'on ne s'est pas trop vus tous les deux, hein ? ! Ça fait presqu'un an ?…

ELIAS : Ça fait longtemps.

ISMAËL : Tu m'as manqué, mon petit garçon… Tu sais que ta mère, elle m'a demandé de t'adopter. Ça, tu es au courant ?

ELIAS : Oui, je suis au courant.

ISMAËL : Eh bien, j'ai réfléchi et j'en suis arrivé à la conclusion que ce n'est pas une bonne idée que je t'adopte. Je suis venu pour te dire ça. Tu ne parles pas ?

ELIAS : … Je réfléchis à des idées.

ISMAËL : Le passé, c'est que ta maman et moi on s'aimait tellement que je t'ai rencontré toi. Tu avais… trois ans, quatre ans, c'est ça ?

ELIAS : Je sais plus.

ISMAËL, *il enchaîne* : Comme c'était du vrai amour, et que tu étais tout petit, c'est normal que, du coup, je t'adorais et qu'on s'entende bien. Et je me suis occupé de toi. Comme je te l'avais dit une fois, une chose dont je suis très fier dans ma vie, c'est de te connaître.

ELIAS : C'est vrai ?

ISMAËL : Oui, c'est vrai ! Bon, Nora et moi, on était ensemble et, du coup, toi et moi, on est devenus presque parents…

Un père **: pierre préhistorique gravée…**

ISMAËL : Mais… tu sais, je n'ai pas connu ton père, mais je crois que c'était un type super ; il t'a donné des tas de choses, ton nom, ton visage – j'ai vu des photos de lui –, il t'a donné ses livres… Enfin tu as déjà un père, quoi. Bon, il est mort.

ELIAS : Oui.

ISMAËL : C'est assez triste ; en même temps, il est mort avant que tu naisses, alors c'est pas facile non plus de pleurer pour quelqu'un que tu n'as pas connu.

Elias opine.

Il y a une poésie allemande qui dit – c'est un fils

dont la mère était morte : « deiner Mutter Seele peitscht die Haie vor dir her ». Ça veut dire : « l'âme de ta mère fouette les requins devant toi »… *Un temps, Elias comprend l'idée.* Oui. Et quand je pense à cette poésie, je pense à toi, parce que je pense que l'âme de ton père te protège contre les requins. Alors, tu vois, je trouve que ce ne serait pas bien que je fasse semblant aujourd'hui d'être ton père…

L'amitié : couloir des Homo sapiens

Intermède :
ELIAS : Tu ne veux pas t'occuper de moi ?
ISMAËL : Tu trouves que je ne m'occupe pas de toi ? !
ELIAS : Si, mais pas beaucoup.

ISMAËL : Ta mère, elle m'a téléphoné parfois quand nous nous sommes séparés et elle me disait que, toi et moi, on devrait être amis. *Un temps.* Moi, je n'étais pas très d'accord avec cette idée. Tu vois : un adulte et un enfant, c'est pas bien qu'ils soient amis. Je ne sais pas pour toi, mais moi, quand j'étais enfant, je détestais ces adultes qui venaient me draguer, chercher une sorte de complicité.

ELIAS, *il ne connaît pas ce mot* : C'est quoi « une complicité » ?

ISMAËL : C'est faire comme copain, partager des secrets. Mais moi je ne voulais pas partager des secrets avec des adultes ! Je ne sais pas : par exemple, quand j'étais enfant, je volais dans les magasins, pas mal.

ELIAS : C'est vrai ? !

ISMAËL : Oui, c'est vrai… Ou bien, à l'école, on attaquait les filles. Et je n'aurais pas aimé attaquer des filles ou voler dans les magasins avec un adulte. Je n'aimais pas les adultes qui me proposaient une égalité. Voilà. Alors, dire que je serais ton ami, ce serait encore un autre mensonge.

***Les devoirs de l'adulte* : salle des visages du monde**

ISMAËL : … Je ne veux pas que toi tu doives décider si tu m'aimes bien ou si tu ne m'aimes pas. Je m'en fiche. Parce que c'est moi l'adulte. Je m'occupais de toi ; des fois je t'énervais. *Elias gronde comme un tigre, toutes griffes sorties.* Et des fois tu m'adorais ! *Là, Elias lui offre des bisous…*

Eh bien moi l'adulte maintenant, je te porte dans mon cœur, même si tu deviens le pire salopard, ou même si je ne te vois pas pendant 1 279 ans. *Ça fait rigoler Elias.* Moi, je suis obligé de penser à toi, parce que c'est agréable pour moi. Parce que je suis un adulte. Et toi, comme tu es un enfant, tu n'es pas obligé de penser aux adultes. Ni à moi. Sauf quand tu en as besoin.

Intermède : *Elias secoue les mains. Ismaël l'imite.*

ISMAËL : T'aimes bien faire ça ?

ELIAS : Oui, j'aime bien faire ça.
ISMAËL : J'aime quand tu fais ça.
ELIAS, *il se frotte les mains* : Et toi ?
ISMAËL : Moi, je fais comme ça ?
ELIAS : Oui, toi, tu fais comme ça.

Maintenant que je suis éloigné... : ils sortent fumer une clope

ISMAËL : Maintenant, ta mère et moi, ce n'est plus possible qu'on se réconcilie. Nora, elle se réinstalle une nouvelle vie, comme une nouvelle maison. Alors, si on se voit trop, ce n'est pas bien, parce que je vais encombrer. *Elias lui pique son briquet et allume la cigarette d'Ismaël.* Eh, tu fumeras pas quand tu seras grand...
ELIAS : Si, je serai comme toi !
ISMAËL : Non, tu seras mieux que moi !... Ta mère m'a dit que tu ne t'entendais pas trop avec son nouveau fiancé, Jean-Jacques... *Elias fait grise mine.* Peut-être que tu t'en tapes le coquillard de mon avis, mais mon avis, c'est quand même qu'il a l'air très bien, ce type. Et puis, si tu ne t'entends pas avec lui, c'est pas non plus vraiment tes oignons ; du moment que Nora, elle, s'entend bien avec lui... Mais quand même, ce serait mieux si tu te réconcilies avec lui.

Un temps... Et tu sais, je ne peux pas remplacer ton grand-père.
ELIAS : Papy, il est mort aussi.
ISMAËL : Je sais.

Le passé : la salle des mappemondes

ISMAËL : Il faudrait que Nora t'explique un peu parce que c'est une idée abstraite : le passé, ce n'est pas ce qui a disparu, c'est au contraire ce qui nous appartient…

ELIAS : Je n'ai pas bien compris.

ISMAËL : Ce qui nous appartient maintenant, c'est les souvenirs qu'on a tous les deux. C'est bizarre, hein ? Parce que ça n'a pas de nom, ce qu'il y a entre toi et moi. Je me suis occupé de toi sept ans, c'est beaucoup, j'imagine. Mais là, c'est fini.

ELIAS : Oh…

Un garçon renfermé : salle des fresques de Tassili

ISMAËL : Ce qui m'embête, c'est un truc que Nora m'a dit au téléphone… Elle disait que tu étais un peu renfermé cette année. Et que c'était difficile pour toi sans ton grand-père. Je vais te dire pourquoi ça m'embête : déjà, tu es un garçon un peu renfermé, ou disons : secret. Attention, « secret », c'est pas un défaut, c'est une qualité. Juste, tu ne parles pas beaucoup-beaucoup… Moi, quand j'étais petit, j'arrivais mal à parler, alors du coup, j'étais bègue, la honte !

ELIAS : C'est vrai ?

ISMAËL : Oui, c'est vrai. Toi, tu es juste un peu… réservé. En échange, la vie t'a donné une âme très riche. Comme ça, quand tu es solitaire, tu peux te réfugier dans le jardin de tes pensées et discuter avec ton imagination… Je le sais parce que j'ai lu tes poésies quand tu étais en CE2, et tu as le cœur d'un poète. Tu n'es pas obligé de le crier sur tous les toits, mais tu dois en être très fier, parce que c'est très rare.

Mais j'imagine que ça ne doit pas être toujours très agréable pour toi. C'est bien d'avoir un trésor secret mais il ne faut pas que ce trésor se transforme en un fardeau. Sinon je me dis que tu es comme enfermé dans tes pensées, et ça me fait de la peine et j'ai envie de te libérer. Et je me demande quelle est la colère ou la peur qui t'oblige à t'enfermer…

Figures héroïques **: devant les totems indiens**

ISMAËL : Moi, d'une manière différente, je suis assez renfermé aussi. Bon alors, en tant que type renfermé, je me suis dit : « Peut-être que je peux donner un ou deux bons conseils à Elias pour sa rentrée des classes. »

ELIAS : Ah bon ? Lesquels ?

ISMAËL, *très emmerdé* : Alors, la solitude, ça, c'est un gros problème. Et il n'y a pas *une* seule solution à ce genre de problème.

Tiens, je pense à d'autres personnages qui sont renfermés. Il y a Batman bien sûr, auquel tu m'as souvent fait penser. Même visage sombre ! même sens du secret, et la peur qui se transforme en un grand courage.

Bon, il y a Peter Pan, qui s'amuse avec les Enfants perdus, mais qui est seul à la fin quand il revient voir Wendy. Lui, il est plus *solitaire,* mais il n'est pas tellement *renfermé.*

Et il y a *Le Baron perché* aussi, qui est un livre génial. Lui, le Baron, je l'adore parce qu'il me fait penser à mon arbre à Roubaix, quand j'étais enfant. Tu te souviens de l'arbre ?

ELIAS : Ouiii !!!

ISMAËL : Bon, je pourrais en citer d'autres – des personnages de romans ou de la vraie vie – mais la preuve est déjà faite que toi et moi, on n'est pas les deux seuls à être plutôt méfiants.

Aller voir un thérapeute : esplanade du Trocadéro

ISMAËL : J'aimerais bien enfin que tu ailles revoir ce médecin, là, avec qui tu t'entendais bien. Parce que c'est pas bon qu'un enfant ne parle qu'à sa mère. Une mère, c'est génial pour s'occuper de toi et t'aimer et que tu l'aimes, et tout, mais ça ne peut pas suffire pour grandir. Et comme ton grand-père n'est plus là, tu dois avoir moins d'adultes sur qui compter. Il faut toujours un adulte en plus pour grandir, pour ne pas être enfermé dans l'amour qu'il y a entre les parents et les enfants. Peut-être c'est ça qui fait peur à Nora – et pas à toi ! Nora doit se dire : « Mon Dieu, est-ce que je suis une assez bonne mère pour Elias ? !! Vite allons chez le docteur. » *Ismaël imite la voix douce de Nora, ce qui fait rigoler Elias.*

Alors, tu te dis : « Eh, oh ! c'est Nora qui veut voir un docteur, hein ! C'est pas moi ! » *Maintenant Ismaël imite Elias, qui brandit un totem indien pour se défendre…* Ce qui est très malin, puisque comme ça tu arrives à séparer ce que ta mère veut de ce que TOI, tu veux.

Donc, tu as un peu raison. Mais n'empêche…

***Un seul conseil* : dans la voiture d'Ismaël, près d'un square**

ISMAËL : … Peut-être que tu as un peu tort, aussi.

Voilà, c'est le seul conseil que je peux te donner aujourd'hui : il faut toujours prévoir que – évidemment on a raison – mais c'est toujours possible qu'on ait un peu tort, en plus. Sans s'en rendre compte. Et avoir un peu tort, c'est une très bonne nouvelle ! Ça veut dire qu'on n'a pas déjà toute la solution. Et que la vie va être bien plus étonnante et pleine de surprises que ce que l'on croyait !

104. Conclusion – Jour

Pendant la conversation Elias/Ismaël, Nora attendait en retrait, près de sa voiture.
Elle lit un recueil de poèmes... Elle se retourne et voit s'approcher Ismaël et son fils.

NORA, *off* : Je regarde Elias et Ismaël s'approcher. Et je pense que la vie est étrange.

J'ai aimé quatre hommes, j'en ai tué deux ; et cela ne signifie rien. Je n'éprouve pas de remords...

Mes deux autres hommes marchent vers moi, je sais qu'ils me survivront, et cela suffit à mon bonheur.

In, à Ismaël : Ça s'est bien passé ?

ISMAËL : Je ne sais pas. Au revoir. *Il serre la main d'Elias.* Salut bonhomme. *À Nora* : Salut.

Ismaël sort du cadre. Nora sourit à Elias. L'enfant monte dans la voiture avec sa mère...
Nous retrouvons Nora assise seule dans une pièce, **ailleurs**, s'adressant à la caméra...
Sur le côté, une fenêtre l'éclaire, jour serein, voilages blancs. La pièce est calme. Nora est en jean et tee-shirt. Elle nous regarde. Et nous ne savons plus si elle est entre la vulnérabilité meurtrie ou la joie, entre les larmes ou la certitude. Ses cheveux sont dénoués. Elle conclut :

NORA : Le cycle du malheur s'est arrêté...

Je me souviens d'une poésie qu'Ismaël me récitait quand nous vivions ensemble et qu'il s'endormait dans mes bras...

L'eau, c'est la soif qui nous l'apprend –
La terre, une fois les mers traversées –
L'extase, après les agonies souffertes –
La paix, les guerres racontées –
L'amour, c'est un mémorial.

Je n'ai plus soif. J'ai les deux pieds sur la terre... Maintenant, je suis enfin en paix...

Nora a fini. Elle se lève et sort du champ.
Enfin, sur une terrasse. Nora boit un verre de vin blanc. Il fait soleil. Paris est tout calme. Elle est apaisée.
Elias lui montre un dessin de sa famille : un arbre généalogique couvert de photos. Nora s'approche de son fils. Il lui raconte leur histoire...
Elias est devenu le romancier du film.

FIN

avec, par ordre d'apparition :

Nora	Emmanuelle DEVOS
Claude	Geoffrey CAREY
M. Madden	Thierry BOSC
Jean-Jacques	Olivier RABOURDIN
Louis Jenssens	Maurice GARREL
Elias	Valentin LELONG-DARMON
le moniteur	Olivier BORLE
le chirurgien	Didier SAUVEGRAIN
Ismaël	Mathieu AMALRIC
Prospero	François TOUMARKINE
Caliban	Miglem MIRTCHEV
le psychiatre de garde	Marc BODNAR
Abel Vuillard	Jean-Paul ROUSSILLON
Monique Vuillard	Catherine ROUVEL
Mlle Vasset	Catherine DENEUVE
Elizabeth	Noémie LVOVSKY
Nicolas	Jan HAMMENECKER
Chloé Jenssens	Nathalie BOUTEFEU
l'infirmière	Marie-Françoise GONZALES
Pierre Cotterelle	Joachim SALINGER

le gynécologue	Daniel COHEN
l'employé de mairie	Frédéric EPAUD
le dingue	Claude PHOR
l'interne psy	Karim BELKHADRA
Me Mamanne	Hippolyte GIRARDOT
Dr Devereux	Elsa WOLLIASTON
Victorine	Gaëlle DILL
Arielle, la Chinoise	Magali WOCH
Madame Seyvos	Shulamit ADAR
Léopold Virag	Marc BETTON
Simon	Gilles COHEN
Christian, le félon	Francis LEPLAY
médecin légiste	Bernard GARNIER
pasteur	Joël DAHAN
Marcello, le lascar	Rachid HAMI
Delphine	Marion TOUITOU
Fidèle	Yann CORIDIAN
la 3e grand-mère	Andrée TAINSY
Amie de Nora	Sarah LEFEVRE
le flic	Denis FALGOUX

scénario & dialogues :	Arnaud Desplechin
	Roger Bohbot
directeur de la photographie :	Eric Gautier a.f.c.
chef monteuse :	Laurence Briaud
décorateur :	Dan Bevan
costumière :	Nathalie Raoul
casting :	Stéphane Touitou
son :	Jean-Pierre Laforce (mix)
	Christian Monheim
assistante réalisatrice :	Gabrielle Roux
maquillage :	Thi Loan Nguyen
coiffure :	Eric Monteil
chorégraphie :	Kanty Schmidt
casting enfant :	Viviane Lesser

Supervision musicale : Véronique Marchand

Musique originale : Grégoire Hetzel

Remerciements musicaux
Dj Mehdi
Kool Shen
Malcolm McLaren – Marley Marl – White & Spirit
et Philippe Sarde

Remerciements scénariques
Emmanuel Bourdieu & Cathy Bohbot
François Regnault & Pierre-Olivier Mattei

Ce film contient des citations littéraires tirées de
Psychothérapie d'un Indien des plaines, G. Devereux
Le Théâtre de Sabbath, P. Roth
La Symphonie des spectres, J. Gardner
G. Apollinaire – Emily Dickinson…

Nous remercions
le musée de l'Homme
Gaumont-Pathé Archives – cinémathèque de Bois-d'Arcy
l'hôpital de Ville-Evrard – la mairie de Grenoble

et aussi
Laura Koeppel, Hervé de Luze,
MM. Jean-Louis Livi, Dominique Besnehard, Jean-François Gabard,
M. & Mme Desplechin, Laurence Lenglet, Claudine Kaufmann

Collaborations artistiques :
Valentine Lecêtre
Armelle Sdere – Marie-Christine Djian – Marie-Christine Hérault

MUSIQUES ADDITIONNELLES

MOON RIVER
Johnny Mercer/Henry Mancini
guitare : Thomas Curbillon, contrebasse : Daniel Ybinec
flûte : Frédéric Couderc, drums, vibraphone : Antoine Paganotti
© Famous Music Corporation c/o BMG Music Publishing France
avec l'autorisation de BMG Music Vision
(P) 2004 Why Not Productions

PAVANE POUR UNE INFANTE DÉFUNTE
Maurice Ravel
© Éditions Durand,
BMG Music Vision
(P) 1991 SUPRAPHON

YIDDISH SONG
Africa Bambaata/ White & Spirit
chœur : K. Reen
(White et Spirit)
(P) Cercle Rouge Productions

CONCERTO LA PRIMAVERA, E-Dur RV 269
Antonio Vivaldi
interprété par
R. Alexandrini,
Concerto Italiano
(P) 2002 NAÏVE

UNDER THE WEATHER
Divine & Staten
(I. Devine)
(P) Crépuscule
Crépuscule/Het-
Gerucht

EVERY TIME IT RAINS
Randy Newman
Courtesy of Dream-
works Records
Under license from
Universal Music
Enterprises

GROW
Terry Hall
& Mushtaq Uddin
© Famous Music
Corporation c/o BMG
Music Publishing
France, BMG Music
Vision
(P) 2003 Honest Jons
Records

RAVEN'S WING
(traditionnel)
M. Dooley
(P) 1994 NAÏVE

PASSION
St MATHIEU BVW 244
J.S. Bach
Orchestre symphonique
de Hongrie
Dirigé par
Geza Oberfrank
KAPAGAMA/NAXOS –
HNH International

NAFTTULE'S NUSSACH
David Krakauer
Éditions Label Bleu
Extrait de l'album
LIVE IN KRAKOW
Disque Label Bleu
LBLB 6667

A NEW HOT ONE
David Krakauer
Éditions Label Bleu
Extrait de l'album
A NEW HOT ONE
Disque Label Bleu
LBLC 6617

DO U REMEMBER
Marley Marl
Written & produced
by Marlon Williams
© et (P) BBE Records

BROKEN HEARTS
Winta
(W. Negassi/S. Oluwa/
K. Harrison/
D. Anthony)
© PRS/BMG Music
Publishing
(P) 2004 DaWorks
Records

A LITTLE BIRD TOLD ME
Rose Murphy
(H. O. Brooks)
Éditions Bourne
(P) BMG
Entertainment
Éditions Paul Beuscher

REMINISCE PART ONE
**Dexys Midnight Run-
ners** (Kevin Rowland –
Kevin Adams)
© 1983 EMI Music
Publishing Ltd/MCPS
(P) 1983 Mercury Ltd
Universal Music
Projets spéciaux

AM GRABE RICHARD
WAGNER
Franz Liszt
interprété par
HUNGAROTON

MY TIME MY DAYS
(China/Mehdi Faveris Essadi – Nicolas Bauguil) – **Dj Mehdi**
© Delabel Éditions – Universal Music Publishing

LOVE IS THE BLUES
(Mehdi Faveris Essadi – Nicolas Bauguil)
Dj Mehdi
© Delabel Éditions – Universal Music Publishing

CHANGING OF THE GUARD
The Style Council – Paul Weller
Stylist Music Ltd c/o BMG Music Publishing France BMG Music Vision
(P) 1998 Polydor Ltd Universal Music Projets spéciaux

KEEP MOVING
Dj Mehdi
(Mehdi Faveris Essadi)
© Delabel Éditions

QUINTETTO SESTO
Ut majeur, G418
Luigi Boccherini – Patrick Cohen et le Quatuor Mosaïques
(P) 1990 NAÏVE

BACK IN TOWN
White & Spirit
(P) Cercle Rouge Productions

CLASS IN SESSION
Malcolm McLaren and Boogie Man
(M. McLaren)
© Malcolm McLaren Songs Ltd/Universal Music Publ. Ltd
(P) 1998 Virgin Records LTD Universal Music Projets spéciaux

UNHAPPY AGAIN
Dj Mehdi
(Mehdi Faveris Essadi)
© Delabel Éditions

HOMETOWN SWEETHEART
Guy E. Fletcher & Rod Williams
K Musik/Kpm Music

THAT'S MY PEOPLE
NTM
(B. Lopesaka Kool Shen/S. Sefil C. Smith/ R. Diggs/E. Sermon/ P. Smith)
© Authentik Publishing/Emi Music Publishing/V2 Music Publishing/BMG Music
(P) Sony Music

LIBERATION-HEADING HIGH
Dj Mehdi
(Mehdi Faveris Essadi)
© Delabel Éditions

AROUND RAIN
Olivier Deparis
(P) Deparis Productions

RAINCLOUD
Lighthouse Family
(Pj. Tucker – E. Baiyewu – M. Brammer)
© Polygram Music Publ. Ltd./Lots of Hits Music Ltd (P) 1997 Polydor Ltd, Universal Music Projets spéciaux

MUSIQUE ORIGINALE composée et dirigée par
Grégoire Hetzel

Achevé d'imprimer
sur Roto-Page
par l'Imprimerie Floch
à Mayenne, en août 2005.
Dépôt légal : août 2005.
Numéro d'imprimeur : 63428.

ISBN 2-207-25766-5 / Imprimé en France.